Valsez, regrets

DE LA MÊME AUTRICE

Apocalipstick, coécrit avec Charlotte Marin, XO, 2010.

Mensonges d'une nuit d'été, coécrit avec Charlotte Marin, Michel Lafon, 2012.

Les Crevettes ont le cœur dans la tête, Albin Michel, 2015 ; J'ai lu, 2016.

Si le verre est à moitié vide, ajoutez de la vodka, Albin Michel, 2017 ; J'ai lu, 2018.

Ilove, Albin Michel, 2018 ; J'ai lu, 2019.

MARION MICHAU

Valsez, regrets

ROMAN

J'AI LU

À Stéphanie et Carine,
nos vies seraient-elles différentes
si nous portions notre deuxième prénom ?

Qui n'a pas l'esprit de son âge,
De son âge a tout le malheur.

VOLTAIRE,
« À Mme du Châtelet »

J'aime ceux qui paniquent
Ceux qui sont pas logiques
Enfin, pas comme il faut
Ceux qui avec leurs chaînes
Pour pas que ça nous gêne
Font un bruit de grelot.

Anne SYLVESTRE,
« Les gens qui doutent »

1

Je ne dirais pas spontanément que je suis une mauvaise citoyenne. Je vote aux élections présidentielles et freine au passage piéton. Je peux même envisager de donner mon temps sur une courte période – tenir le stand de boissons à la fête de l'école –, mais donner mon sang, non. En théorie. Qu'est-ce que je fais dans ce couloir, sur un siège en plastique de l'espace Marcel-Cachin, à attendre que des sauvages en blouse blanche me pompent cinq cents millilitres de sang, soit l'équivalent de dix boudins créoles ?

Un infirmier apparaît et une femme se lève à ma droite. Putain d'orgueil. Si je n'avais pas recruté deux mandataires de moins de vingt-cinq ans dans l'espoir fou que mon agence immobilière se mette à tourner comme un derviche, je serais en train de déjeuner en terrasse. S'infliger quotidiennement deux adulescentes quand on va avoir quarante ans dans une semaine, c'est déraisonnable. Elles ont la jeunesse, elles ont le sexe, je n'allais pas leur laisser les actes solidaires.

— On va donner notre sang entre midi et deux, tu viens avec nous, Pilar ?

— Eh ben… mais… carrément.

Oui, je m'appelle Pilar. Je m'appelle même Pilar Mouclade et je viens de Limoges. Je récapitule : Pilar Mouclade, limougeaude. Envoyez le saindoux. Je ne sais pas si on réalise tout de suite l'ampleur de la malédiction. « Pilar » a des accointances douteuses avec les mots « pileux », « poil », « épiler », et « Mouclade » désigne un plat de moules. Je vous laisse imaginer les blagues qui découlent de l'association catastrophique de ces deux images.

Un homme se lève à ma gauche. Je suis cernée par le dévouement.

Encore si je m'appelais Pilar Valdès Ibañez, je bénéficierais du charme hispanique. Je ne serais plus une petite brune bouclée à gros nez et grosses fesses qui se coltine un prénom que personne ne comprend du premier coup. Je serais une héroïne d'Almodovar, rude et sensuelle, *una mujer real*. Même moi, je me vivrais différemment, mais chlac, fin de la pellicule : je m'appelle Pilar Mouclade, et si je porte un prénom espagnol c'est parce que ma mère est allée passer une semaine à Benicàssim quand elle était enceinte de moi. La réceptionniste de l'hôtel était adorable, paraît-il. Je n'en doute pas, mais était-ce une raison suffisante pour me séquestrer à vie avec son prénom ?

Dans toutes les familles normalement constituées, le père aurait mis son veto (pourquoi pas Dolores tant qu'on y est ?), mais mon père n'a pas eu son mot à dire puisqu'il se résume à « un homme qui dansait très bien » au Calypso Club Limoges en juillet 1979.

Je regarde mon portable. Je ne veux pas avoir l'air de me défiler, mais j'ai une visite à 14 h 30.

13 h 18. Encore un peu tôt pour se défiler.

Je m'étonne de ne pas voir Mélanie et Jaya attendre avec moi. On est pourtant arrivées ensemble. Si ça se trouve, elles ont décidé au dernier moment d'aller boire des tequilas paf dans un bar branché du « onze ».

Elles ne peuvent pas dire « onzième », comme tout le monde ? Parfois je les déteste... et je m'en veux, bien sûr. Qu'est-ce que j'ai à leur envier ? J'ai un mec formidable, deux garçons en bonne santé (en très bonne santé vu le nombre de conneries qu'ils débitent à la minute). J'ai un grand appartement avec un vrai lit, dans une vraie chambre qui ferme avec une vraie porte. Je ne suis pas obligée de déplier mon clic-clac après avoir glissé ma table basse sous l'évier de ma kitchenette. J'ai une agence qui...

— PILAR MOUCLADE !

Pitié... Moins fort...

Je me lève et suis l'infirmière. Traverser les enfers sans se retourner. Être plus maligne qu'Orphée.

2

J'ai réussi à ne pas m'évanouir. Mon angoisse a donc fait place à une fierté turgescente. Je sors dans la rue le torse bombé. Grâce à moi, l'humanité se porte mieux. Je viens d'accomplir un acte d'une immense générosité. Je suis tentée d'arrêter des gens dans la rue pour leur parler de grandeur d'âme et d'oubli de soi, mais je suis freinée dans mon élan par Mélanie et Jaya. Adossées à une barrière devant l'entrée, elles m'attendent en mangeant un sandwich dégoulinant de mayonnaise.

— On a cru que tu ne sortirais jamais ! Qu'est-ce que tu as fait ?

— Je donnais mon sang. Pourquoi ? Pas vous ?

— Non, ils n'en ont pas voulu.

— Ah bon ? Pourquoi ?

— Jaya fait moins de cinquante kilos et moi, j'ai eu trop de partenaires sexuels au cours des quatre derniers mois.

J'essaie de sourire. Vraiment j'essaie.

— Et toi, t'as pu le donner ?

— ...

Parfois je les déteste... et je m'en veux bien sûr.

3

Je me fais couler un café à l'agence. Les filles sont parties prospecter en gloussant. Je ne sais pas comment elles se débrouillent, même quand elles ne gloussent pas, elles ont l'air de glousser. Elles se sont rencontrées ici il y a moins d'un an, mais se sont déjà accordé le titre honorifique de « meilleures amies ». Elles vont boire des verres après le travail pour partager leurs expériences trépidantes de jeunes célibataires. D'après ce que j'ai compris – j'essaie de mettre de la distance, mais je suis souvent rattrapée par l'envie d'être cool –, Mélanie couche plus souvent que Jaya, qui préfère sucer si elle n'est pas sûre de tomber amoureuse (cette dernière phrase prouve que je n'arrive pas du tout à mettre de la distance). Mélanie a grandi à Nice. C'est le prototype de la blonde gironde qui devait passer ses samedis dans la rue commerçante. Jaya, elle, est de Romainville où sa mère tient un institut de beauté indien (massage, henné, manucure, épilation au fil). Quand elles sont à l'agence, elles me vident mes réserves de capsules Nespresso en parlant de mecs et de « craquage total » sur

Veepee. Heureusement, elles sont souvent sur le terrain.

Elles me font penser à moi à leur âge. Plus de jambes que de tête. Plus de salive que d'idées. Quand je suis arrivée chez Bauer Immobilier, j'étais persuadée que pour être un bon agent, il fallait savoir vendre « un peigne à un chauve », comme aimait à le répéter mon premier employeur. En regardant M. Bauer, j'ai compris que le travail consistait à faire exactement l'inverse : proposer aux gens ce dont ils ont besoin. Si quelqu'un cherche un trois-pièces avec terrasse, si possible orientée plein sud, il faut lui faire visiter des trois-pièces avec terrasse, si possible orientée plein sud. Le bagout arrive après, pour les finitions.

Il connaissait son affaire, le père Bauer, et tout le monde lui faisait confiance. Pourtant, il n'avait que deux costumes, un marron en velours côtelé l'hiver et un vert olive l'été. Il roulait dans une R25 moutarde qu'il continuait à appeler « ma nouvelle voiture ». À midi, on le trouvait devant le plat du jour dans une cantine de quartier qui a fermé depuis. Il était d'une autre époque, l'époque « courtoisie et harengs pommes à l'huile ».

Il n'a jamais eu d'enfants. J'ai toujours manqué de père. On a fait affaires. C'est en partie ce qui explique qu'il m'a laissé les clés de la boutique en partant, et que je continue à faire ce métier que je n'apprécie pas particulièrement.

4

— Et voici la chambre parentale.

La fille s'extasie comme si je venais de la faire entrer dans les appartements du roi.

— Elle fait combien de mètres carrés ?

— Quatorze.

Elle jette un regard pétillant à son homme. Elle est très amoureuse et très enceinte. Double ration de dopamine. En ce moment, elle doit penser que le conflit au Proche-Orient pourrait se régler avec des cupcakes. Les femmes qui vont accoucher sont du pain bénit pour les agents immobiliers. Elles sont prêtes à acheter n'importe quoi pourvu qu'elles aient les clés avant le bébé. C'est hormonal. Je sais ce que je dis, je suis passée par là, deux fois. J'aurais acheté une caravane rouillée collée à une usine de produits chimiques si Étienne n'avait pas orienté notre choix vers un appartement moderne dans le centre de Romainville (*une ville qui est aussi un village*). L'homme du jour, lui, me la joue détaché. Plus la maison lui plaît, plus il parle de taxes foncières. Je sais qu'ils vont me faire une offre, il prépare juste le terrain pour baisser le prix de dix mille euros.

La fille colle son gros ventre contre lui.

— Moi j'adore, pas toi ?

— Si, si.

Mais lâche-toi, n'étrangle pas ton coup de cœur, tu l'auras ta ristourne, le vendeur est même prêt à descendre de quinze mille.

— Je vous emmène voir le figuier ?

— Le figuier ?!

Il sourit malgré lui. Les figuiers doivent avoir un syndicat aussi puissant que les palmiers.

Je les précède jusqu'au jardin et les entends glousser dans mon dos.

Il faut avoir le couple bien accroché pour être agent immobilier. Tous les jours, je vois défiler des tourtereaux en pleine montée. Ils s'aiment par-delà les défauts et la belle-famille, par-delà les crédits et les lessives à faire. Et moi, je les accompagne dans la merveilleuse aventure de la nidification. Brindilles et battements d'ailes. Je sais qu'ils auront des engueulades sombres et grandioses dans la maison que je m'apprête à leur vendre, mais l'heure est aux rasades d'amour et d'eau fraîche. Parfois, ça me rend nostalgique. Pourtant, Étienne et moi allons bien, merci. Mais on n'en est plus à rire dans le dos des gens. La magie s'est éventée. On connaît les tours de l'autre, les élastiques cachés dans ses manches, toutes les anecdotes qu'on raconte en soirée. On est passé de l'autre côté du miroir, celui où on se fout de son reflet.

— Il est magnifique ce figuier.

Le mamamouchi à grosses feuilles trône au milieu du jardin. Il est la campagne à lui tout seul, le Sud à dix minutes de Paris. C'est lui qui déclenchera la vente. Je le sais. Il le sait. Il ne prend même pas la peine de s'agiter dans la brise.

5

Le figuier de mon adolescence s'appelait Stella. Stella Saintonge. J'ai passé des années à essayer d'exister à côté d'elle comme une luciole furieusement décidée à ne pas se laisser impressionner par le soleil. Stella était magnétique. Partout où elle apparaissait, on ne voyait qu'elle. Elle et ses longues jambes, elle et sa chevelure dorée, sa bouche incroyablement pulpeuse et ses yeux verts en amande. Elle avait tout : la beauté et le charme. Elle ne poussait pas son avantage. Au contraire. Elle s'habillait n'importe comment, se coupait les cheveux elle-même, se maquillait à peine, mais moins elle se mettait en valeur, plus son naturel rayonnait. Quand elle enfilait un bleu de travail acheté au kilo dans une friperie, elle avait l'air d'une danseuse new-yorkaise. Comment voulez-vous que je fasse le poids (même si le poids n'était pas vraiment le problème) ? Il suffisait qu'elle tende ses doigts de pianiste, plie son poignet gracile, attrape dans sa trousse un vieil élastique et s'attache les cheveux en chignon pour que toutes les filles de seconde A et par onde de choc toutes les filles du lycée Suzanne-Valadon, voire toutes les filles de Limoges, aient une irrépressible envie d'attacher leurs cheveux en priant pour lui ressembler, ne serait-ce que de dos. Et je ne parle pas des hommes qui se statufiaient sur son passage.

Je ne m'en rendais pas compte à l'époque, mais je la suivais en faisant beaucoup de bruit pour qu'on ne m'oublie pas complètement. Je riais très fort. Je maquillais ma bouche en rouge vif. Je mettais des talons extravagants et des décolletés plongeants.

— Oui, c'est mes seins, tu veux voir le ticket de caisse ?

Je faisais ce genre de blague aux mecs, tout le temps. J'obtenais souvent des rires, c'était toujours ça d'arraché au charisme de Stella.

Fille unique, elle était le seul astre de son système solaire. Ses parents tenaient un hôtel au bord de la Vienne, au pied du quartier historique. Elle avait toujours connu la stabilité et les vacances d'hiver au Lioran, l'amour et les vacances d'été à Gruissan. Alors que moi, je vivais dans le désordre de ma mère. On passait de studio en appartement et d'appartement en chambre de bonne au gré de ses licenciements ou de ses ruptures amoureuses (les deux affaires étaient souvent liées). J'ai eu un nombre parfaitement traumatisant de beaux-pères. Aujourd'hui, je les confonds tous. Il faut dire que ma mère s'est longtemps spécialisée dans le tocard à moustache.

— Qu'est-ce que tu veux, Pilar, je ne supporte pas d'être seule.

J'ai mis des années à comprendre cette phrase. Elle n'était pas seule, puisque j'étais là…

Toute mon enfance, je l'ai entendue parler de valises et d'aller simple pour le bout du monde.

— Qu'est-ce qui nous retient ?

J'ai grandi avec cette idée dans un coin de ma tête, et un grand sac en toile rose et bleu dans un coin de ma chambre. Les années ont passé, et on ne s'est jamais éloignées à plus de vingt kilomètres de Limoges, où elle vit encore. Ma mère m'a toujours fait penser à une mouche contre une vitre : elle dépense une énergie folle à se cogner.

6

— Dites voir, vous rentrez tôt ce soir !

Voilà où j'en suis : ma boulangère s'étonne quand je rentre du travail avant 20 heures. J'aurais dû lui dire d'aller se faire cuire le cul. Je n'ai pas besoin qu'on me rappelle que, tous les soirs, j'arrive après la bataille, quand mes enfants sont douchés et nourris.

Je sors de la boulangerie avec ma baguette et un vague dégoût de moi-même.

J'ai laissé Mélanie fermer l'agence pour avoir le temps de me préparer. Je n'aime pas me vanter, mais nous sortons. Mieux que ça, nous allons à un vernissage de Rinaldo Rocca, l'Italien qui fait les photos des appartements que je rentre. Quand il m'a demandé s'il pouvait faire mon portrait pour un projet personnel, j'ai fait ma timide, mais dans le fond, je rayonnais de fierté. L'histoire retiendra que je ne suis pas qu'une femme qui achète une baguette pas trop cuite tous les soirs à 20 heures.

7

Je tape le code et pousse la porte moderne de mon immeuble moderne. On l'a acheté sur plan il y a un peu plus de six ans, et je n'ai jamais réussi à l'aimer. Trop fonctionnel. Murs blancs et métal gris. Je passe mes journées à vanter les charmes de l'ancien, et vis dans un programme neuf, aussi sexy qu'un investissement locatif éligible à la loi Pinel. L'éternelle malédiction du cordonnier… Je reconnais que la brochure n'a pas menti : *Située en première couronne, cette résidence contemporaine bénéficie d'un accès rapide aux autoroutes A3 et A86. Romainville s'inscrit pleinement dans la belle dynamique du Grand Paris. Le cadre est agréable et idéalement situé près des commerces et des écoles. Notre T3 se distingue par ses volumes généreux et ses multiples expositions. Jouissant de prestations de qualité et prolongé d'un balcon, il est équipé d'une grande baie vitrée qui apporte à l'ensemble un véritable confort lumineux.* Sauf que la grande baie vitrée donne sur un immeuble identique au nôtre, et qu'au même étage (quand ça veut pas, ça veut pas) vit la famille Modèle. Rien ne traîne dans leur salon Roche Bobois. Pas un manteau, pas une basket, pas une arène de toupies Beyblade. Je suis sûre qu'à l'heure qu'il est, les deux petites filles bien peignées attendent leur portion de quinoa au brocoli, tandis que le père en costume raconte une anecdote passionnante à la mère en combinaison beige. Il y a un Monoprix juste en dessous de chez eux. Quand je les croise au rayon bio en train d'hésiter entre le lait d'amande et le lait d'avoine, j'ai envie de les assommer avec mon concombre transgénique.

Je sors de l'ascenseur, plonge la main dans mon sac et brasse le fond à la recherche de mes clés. Je pourrais sonner, mais Étienne me demanderait ce que j'en ai fait, et je devrais les chercher devant lui. Au moment où je commence à me faire une raison (je les ai oubliées à l'agence, ou perdues, ou mangées), je les retrouve dans l'une des innombrables poches de mon sac à dos… parce que oui, je me trimballe à presque quarante ans avec un sac à dos négligemment accroché à une épaule. Je continue la lutte. Je ne lâche rien. Contre le temps, quadragénaires du monde entier, unissons-nous.

8

J'aimerais vous dire qu'en m'entendant rentrer, Joseph et Lucien arrivent ventre à terre et me sautent dans les bras. J'aimerais. Je dois me mettre devant la télévision pour obtenir des borborygmes que je traduis librement par « Bonjour maman » (je n'écarte pas la possibilité qu'ils m'aient dit « Pousse-toi »). Je les embrasse, et rejoins Étienne qui poêle des poissons panés dans notre *cuisine américaine tout équipée, construite dans des matériaux nobles* (quand le revêtement en mélaminé a commencé à se décoller, je n'ai pas perçu la noblesse du matériau, la discrétion peut-être).

Étienne m'embrasse et me lance :

— En onze lettres : plus triste pour un vieux que pour une jeune fille.

Il a l'œil qui frise.

— Je ne sais pas. Je... En onze lettres tu dis ?

Il acquiesce en retournant les poissons panés.

— Réfléchis.

— Je réfléchis, je réfléchis...

C'est faux. Je fais semblant. Je plisse juste les yeux et prends un air concentré (je dois ressembler à notre chat dans sa litière). Depuis le temps, il devrait avoir compris. Je suis nulle en mots croisés mais allez dire ça à un verbicruciste. Un verbicruciste. Un homme qui gagne sa vie en créant des grilles de mots croisés. Oui, ça existe, et ça ne porte pas forcément des gilets et des mocassins à glands. Étienne Gabison. Un mètre quatre-vingt-dix d'humour et de gentillesse, les yeux verts, les cheveux bruns, la barbe qui commence à blanchir… Chaque semaine, une de ses grilles paraît dans *Le Point*, et les gens se l'arrachent. Parfois littéralement, ils arrachent la page dans les salles d'attente ou le salon de leurs beaux-parents.

— Qu'est-ce qui peut arriver de plus triste à un vieux ?

L'amour est buté.

— Je ne sais pas… L'EHPAD ?

— Encore plus triste.

— Je t'assure, je ne vais pas trouver. Dis-moi.

— Enterrement ! L'enterrement des vieux, et l'enterrement de vie de jeune fille !

— Ah… Oui… Ah ah.

Au moins, j'ai compris. Parfois, il me parle de socques et de cothurne, du frère de François d'Assise ou du fils de Xouthos, et je m'enfonce dans les sables mouvants de mon ignorance. J'ai arrêté de me débattre. C'est bien connu, plus on se débat, plus on s'enlise. J'ai épousé une tronche, une tronche pleine de poils. La plupart du temps, je trouve ça sexy, et plus pratique que l'iPhone, mais il m'arrive aussi de me sentir… Ah, comment dit-on déjà ? Médiocre.

Par exemple, j'ai une fierté puérile à savoir que Toulouse-Lautrec était un peintre du XIXe siècle qui n'a jamais dépassé un mètre cinquante-deux. C'est mon petit vernis. Quand quelqu'un dit « Toulouse-Lautrec », merci, je sais de qui on parle. En me concentrant, je peux même citer le Moulin-Rouge. Eh bien – en avant l'humiliation – le tiroir « Toulouse-Lautrec » d'Étienne déborde : Henri, peintre, dessinateur, 1864, Albi, lithographe, affichiste, château Malromé, retard de croissance, exhibitionnisme, lycée Condorcet, post-impressionnisme, Art nouveau, Aristide Bruant, syphilis, la Goulue, absinthe, sanatorium, mort à trente-six ans… Je ne sais même pas comment il arrive à le refermer, ce tiroir. Et c'est comme ça pour tout. De la maïeutique (la quoi ?) à l'œuvre d'Erckmann-Chatrian (qui ?), en passant par tout ce qui peut faire gagner un camembert au Trivial Pursuit.

Il est l'auteur d'une thèse sur la « contribution à l'étude de l'influence de l'existentialisme sartrien sur… ». Je décroche toujours après « sartrien ». Clac, mon compteur disjoncte. Trop de mots compliqués branchés en même temps. Ensuite, je regarde sa bouche bouger en dérivant lentement vers l'éventualité d'un cunnilingus.

Il dépose les poissons panés sur des assiettes.

— Tiens, j'ai reçu un coup de fil marrant aujourd'hui !

Méfiance. Mon homme travaille à la maison. On peut très bien être en train de s'aventurer vers une conversation « changement de forfait Orange ».

— C'est-à-dire, marrant ?

— Un éditeur voudrait publier mes grilles, en faire un vrai livre, relié et tout.

— Ah bon ?

J'ai mal géré le volume de mon étonnement. Il y a eu comme un larsen.

— Tu ne trouves pas que c'est une bonne idée ?

— Si… si, mais… (Qui achète des livres de mots croisés ?)

— Qui achète des livres de mots croisés, c'est ça ?

— Non, pas du tout, c'est juste que… Ça t'amuse, comme projet ?

— Carrément. C'est du boulot, hein, faut que je trie mes grilles, que je les retravaille, mais oui, oui, ça m'excite vachement.

— Eh ben… Super… Super idée.

Ça l'excite vachement ?

« *Vous venez d'entrer / Dans la quatrième dimension…* »

En huit ans de couple, Étienne n'a formulé qu'une seule ambition : être heureux. Pas démesurément, non, juste ce qu'il faut pour traverser la journée en sifflotant. Un petit bonheur peinard, sans triomphes, honneurs, ni grosse fortune. Avec le matériel de pointe qu'il a dans la tête, il pourrait être un des rouages qui font tourner le monde, mais il a toujours préféré avoir du temps pour lire, aller au cinéma, déjeuner avec ses amis et s'occuper des enfants.

Et aujourd'hui, le voilà excité comme un acarien au salon de la moquette ?

Il penche la casserole de petits pois au-dessus des assiettes.

— LES GARÇONS, À TABLE ! Pilar, tu veux bien mettre les verres et les couverts s'il te plaît ?

— Oui, bien sûr.

De son côté, Étienne accomplit un de ces actes de courage parental : il traverse la pièce et éteint la télévision.

— C'EST-PAS-FINIIIIIII !

— Le dîner est servi.

— OUI-MAIS-C'EST-PAS-FINIIIIII !

— POURQUOI-T'AS-ARRÊTÉÉÉÉÉÉ ?

— C'EST-PAS-FINIIIIIIII !

— Le dîner est servi.

Le caprice est comparable à une zone de turbulences. Pour en sortir, il suffit de garder le cap.

9

J'ai, sur ma table de nuit, un livre qui s'intitule *Tout se joue avant six ans. Les grandes étapes d'une éducation réussie*. J'ai dû l'acheter quand Joseph avait un an, puisque j'étais enceinte de Lucien. Il me restait cinq ans pour le lire. J'étais large. Je me voyais déjà appliquer à la lettre les conseils de ce bon docteur Dodson. Mes enfants n'allaient pas grandir, ils allaient s'épanouir sur un socle aussi solide que leurs jouets en bois.

Et puis Lucien est né, et tout est allé très vite, très fort et dans tous les sens. Une attraction de fête foraine. Vous avez déjà vu quelqu'un lire un livre sur un grand huit ? Comment peut-on écrire un énorme pavé qui certifie que TOUT SE JOUE AVANT SIX ANS alors que la plupart des parents n'auront physiquement pas le temps de le lire avant que leur enfant ait sept-huit ans… Dommage pour toi. Tes fils ne vont pas grandir, ils vont enfler n'importe comment, sur un socle aussi merdique que leurs jouets en plastique.

Heureusement, avec Étienne, on a mis bout à bout intuition, bravoure et insouciance, et on a avancé, tête baissée, nuits blanches après bronchiolites, vacances après semaines d'abstinence, et on a traversé cette purée de pois sans se lâcher la main. Nous voilà aujourd'hui parents de deux garçons de cinq et sept ans qui se sentent plutôt bien dans leurs baskets Spider-Man (oui, des baskets Spider-Man, si on veut tenir sur la longueur, il faut savoir lâcher sur les accessoires).

10

J'ouvre le frigo pour montrer son dîner à la baby-sitter. Comme pour mes clés, je sais rarement comment cette scène va finir. Soit j'ai de la chance, Étienne a fait les courses et c'est une corne d'abondance, soit je me retrouve à faire l'apologie d'un reste de bûchette de chèvre. Je constate avec soulagement qu'il y a des croque-monsieur sous vide.

Debout devant la porte, Étienne soupire :

— On y va, mon amour, on va être en retard.

La confusion qui suit est d'une grande banalité : Étienne m'attend pendant que je cours dans un sens en mettant du déodorant, puis dans l'autre en enfilant un pull en mohair rouge (pathétique tentative de ressembler à Nastassja Kinski dans *Paris-Texas*).

— Pilar !

Je reviens en boitant.

— T'as pas vu ma deuxième botte ?

— Non. Dépêche-toi !

— T'es trop belle, maman !

— Merci, mon poussin.

J'embrasse Joseph sur le front, et plonge à quatre pattes pour regarder sous les meubles. Rien. À part Marley, le chat de la famille qui passe l'essentiel de ses journées à traverser la pièce en nous éclaboussant de son indifférence. Je me relève. Dans l'appartement d'en face, maman Modèle lit un livre à ses filles. Leur pyjama est assorti au tissu du canapé. Je suis sûre que cette garce a une étagère à bottes.

11

Étienne gare son scooter à quelques mètres de la galerie. Devant la vitrine, une flaque de lumière satine le trottoir. Un groupe d'élégants fume des cigarettes et boit du vin blanc dans des verres en plastique. La nuit est tombée, mais pas la température. Il était temps que le printemps arrive, même si cette année il n'arrive pas seul le petit bâtard, il ramène mes quarante ans avec lui.

J'enlève mon casque qu'Étienne range sous la selle. Je vais prendre le temps de sourire, de saluer, de me réjouir (quelle chance ce temps), mais dans le fond, je n'ai qu'une envie : entrer dans la galerie le dos voûté et le souffle court, repérer mon portrait et me ruer dessus.

Le reste de l'exposition m'intéresse beaucoup moins. C'est lamentable, je sais, mais qui n'a jamais agrandi sa tête en premier sur une photo de groupe ? Et l'époque ne nous tire pas vers le haut. À force de nous faire croire qu'on mérite des chauffeurs privés et des pages privatisées sur Internet, on va tous finir avec une hypertrophie du nombril et une cirrhose de l'ego.

Il faut dire que Rinaldo a refusé de me montrer les clichés, et je crains d'être moche, molle, infiniment moyenne. Je dis « les clichés » parce qu'il y en a vingt-quatre. Un par heure. Pendant une journée. C'est le concept de ses portraits : suivre ses modèles dans leur quotidien. Avoir un photographe assis au bout de ton lit quand tu dors, pour ceux qui n'ont pas essayé, c'est spécial. Il ne prend pas des photos tout le temps, juste les dix premières minutes de chaque heure. Ensuite, il se fait discret, sort fumer, téléphoner, manger un sandwich. L'idée est de changer le minimum de choses, être au plus près de ta misérable existence.

Étienne ferme son top-case, et me prend par la main.

— On y va ?

J'admire la simplicité avec laquelle mon homme est lui-même.

12

C'est encore pire que ce que j'avais imaginé. Je suis affreuse. Mon visage a pris le chemin des bajoues et du double menton. Je n'y suis pas encore, mais je vois bien que c'est le prochain arrêt. Terminus, tout le monde dégringole : le cou, les joues, les cernes, les paupières… J'ai gardé mes fesses de grossesse et laissé mes seins dans mes soutiens-gorge d'allaitement. C'est un cauchemar. J'ai l'air fanée, difforme, minuscule. Moi qui croyais qu'il y avait un avantage à vieillir : on pouvait assumer sa taille, traverser sa journée en tennis. Je vais immédiatement ressortir mes bottines en cuir qui se raidissent au fond du placard de l'entrée.

— C'est rigolo, hein ? sourit Étienne.

Rigolo ?! Je fixe mon portrait avec de grands yeux stupides. En vingt-quatre photos, Rinaldo a fait de moi le pire résumé possible. Et sur un mur entier. Six lignes. Quatre colonnes. Touchée, coulée. Comment Étienne peut-il trouver ça rigolo ? Parce qu'il n'y a pas que mon physique qui me désespère. C'est ça mon quotidien ? Vendre à prix d'or des appartements sordides avec vue sur la banlieue ? Pousser les gens à s'endetter sur trente ans pour avoir le privilège de caser leurs enfants dans des chambres séparées mais minuscules ? Faire l'éloge d'une cuvette de toilettes que les anciens propriétaires ont eu le génie d'installer dans un placard pour que monsieur puisse lire en chiant pendant que madame se douche ? Supporter à l'agence deux gamines fermes et élastiques ? Si je suis au sommet de ma carrière, laissez-moi vous dire que la vue n'est pas imprenable. Et mes garçons qui n'apparaissent que sur deux photos ?! Celle de huit heures du matin : je regarde mon portable en buvant mon café, ils mangent leur pain au lait en arrière-plan. Et celle de huit heures du soir : je suis accroupie devant Joseph qui pleure. J'ai le visage fermé et de toute évidence j'ai hâte que lui et son frère soient rangés sous leur couette. En arrière-plan, Lucien nous regarde, les cheveux collés par du produit anti-poux. Depuis quand mes enfants sont passés à l'arrière-plan ? À quel moment suis-je devenue ma mère : agacée, indisponible, pressée de retrouver sa liberté ? Je m'étais juré de leur offrir mieux. Avec Étienne, j'avais déjà fait la moitié du chemin. Visiblement, je me suis arrêtée là.

Lui est détendu sur toutes les photos. Et plus beau que jamais. Pourquoi n'ai-je pas tout le temps envie de lui ? Je le sous-exploite. Mon regard glisse sur les photos de notre nuit, platonique bien sûr, on n'allait pas poser en levrette (c'est bon ? Tu vois bien mes fesses là ?), mais moi, je sais que ces photos reflètent notre vie sexuelle : on est étendus dans la pénombre, gisant comme deux corps sans libido. D'une photo à l'autre, on change de position, mais aucune ne pourrait figurer dans le *Kama-sutra*. On est loin de l'approche du tigre ou du cheval renversé. On serait plutôt sur la bave du crapaud ou le ronflement de l'éléphant de mer. La photo la plus intime est celle où nos fesses se touchent. Voilà où on en est. Si on écoutait la bite d'Étienne, on ferait l'amour plus souvent, mais j'ai pris un mauvais aiguillage après la naissance des garçons. J'ai oublié de rebrancher quelque chose, je ne sais pas, mais je ne suis plus jamais celle qui propose. C'est con parce qu'une fois en selle, je suis toujours contente de la promenade.

— Oh, et regarde celui-là !

Étienne est passé au portrait d'une chanteuse, sexy et rock and roll. Je regarde autour de moi. Tout le monde a l'air emballé par l'exposition. Il y a un brouhaha distingué, rehaussé de petits éclats de rire. Les gens passent de portrait en portrait en buvant du vin gratuit. Je fais le tour de la galerie, en espérant secrètement que Rinaldo a voulu travailler sur le quotidien, la routine, la lente agonie des heures... Je suis assaillie par la joie et les paillettes. Tous les modèles ont l'air de s'éclater pendant que je regarde défiler mes journées comme derrière la vitre d'un RER. Comment ça se passe ? Je suis la caution « mémère » de cette exposition ? Mais non, messieurs-dames, Rinaldo Rocca n'a pas photographié que des artistes au destin incroyable, il s'est aussi intéressé à des personnes ordinaires, comme cette intermédiaire dans les transactions portant sur des biens immobiliers âgée de cinquante ans (quarante !!).

— Ça marche bien, je trouve.

Revoilà Étienne et son enthousiasme déplacé.

— Oui. C'est super.

Qu'est-ce que je peux lui dire d'autre ? Que ce bilan au seuil de la quarantaine me consterne ? Tout à coup, mon cœur se décroche.

— Tu n'as rien organisé pour mes quarante ans ?

— Pardon ?

— Pour mes quarante ans, tu n'as pas prévu de fête-surprise ?

Je lui ai déjà posé la question, mais aujourd'hui, cette perspective me paraît particulièrement insurmontable. Lever mon verre en public ? Formuler ce bilan à voix haute ? Lire de la compassion dans le regard de copains que je n'ai pas vus depuis des années (agent immobilier, à Romainville…) ? Stella ! Revoir Stella, et n'avoir rien d'autre à lui raconter que ces vingt-quatre nuances de terne ? Depuis qu'on s'est engueulées, je n'ai jamais voulu la googliser, mais je suis sûre qu'elle est devenue la muse d'un grand écrivain américain, et qu'elle vit à Los Angeles où elle a créé sa propre ligne de chaussures et de sacs à main de luxe. Je l'imagine arriver en retard à mon anniversaire, fendre la foule de potes qui se retournent sur son passage, s'avancer vers moi les bras ouverts dans un manteau haute couture vintage, avec une chapka blanche, un jean slim et des cuissardes. Je vois la scène comme si j'y étais. Elle m'enlace, m'éclipse, avale le peu de lumière qu'il me reste et me murmure à l'oreille qu'elle s'excuse pour ce qu'elle a fait. À partir de là, je connais l'histoire par cœur. Le taux de testostérone dans l'air va grimper en flèche, les hommes feront tout pour rester dans son champ de vision, et les femmes essaieront de noyer leurs complexes dans l'alcool. On en retrouvera au moins une en larmes, le front appuyé contre la porte de l'ascenseur. Franchement, je préfère qu'on règle ça entre nous : Étienne, les garçons et moi, autour d'une pizza quatre fromages livrée à domicile.

— Non, non, je n'ai rien organisé.

— Vraiment ?

— Mais oui, vraiment ! Tu m'as dit que tu ne voulais rien, mais si tu…

— Non, non, c'est très bien.

— Tu m'autorises à acheter une bouteille de champagne quand même ?

— Oui…

Mais que je n'en retrouve pas dix-huit plantées dans une baignoire de glaçons en rentrant de l'agence le 21 mars. Étienne, par pitié, pas de soirée PowerPoint. Épargne-moi ce moment où un impitoyable montage photo m'expliquera comment j'en suis arrivée là.

— Alors ? Ça vous plaît ?

Le sourire de Rinaldo ne laisse aucune place à la critique.

— Beaucoup… Oui… Beaucoup…

Étienne prend le relais comme s'il était directeur des Rencontres de la photographie d'Arles. Il remet le travail de Rinaldo en perspective, fait référence à une ribambelle de photographes dont je découvre le nom. Si j'avais dû m'en sortir toute seule, Rinaldo aurait tout de suite compris que je me suis détestée vingt-quatre fois de suite, et que tout le reste de l'exposition m'est apparu comme de gigantesques tirages de doigts d'honneur.

Je pose ma main sur le bras d'Étienne alors qu'ils débattent de l'« instant décisif » d'Henri Cartier-Bresson.

— Je vais nous chercher à boire.

Direction le buffet. Je repasse devant mon portrait. Dire qu'en plus j'ai des poux sur toutes les photos… Objectif : alcoolisation du problème. Ensuite, je n'aurai plus qu'à trouver un ascenseur pour appuyer mon front.

13

21 mars, 7 h 30. Étienne éteint l'alarme de son téléphone. Il s'assoit au bord du lit et se frotte la barbe. Je ne bouge pas. Je suis réveillée depuis une heure, mais je n'ai aucune envie de basculer dans cette nouvelle décennie. Tant que je resterai immobile, je n'aurai pas officiellement quarante ans. Étienne se lève et, tel un gladiateur en caleçon, sort de la chambre pourfendre des pains au lait. Normalement, je lui emboîte le pas pour aller réveiller nos enfants, mais normalement, je n'ai pas quarante ans. Je l'entends entrer dans la chambre de Joseph et Lucien. S'ensuit une excitation de matin de Noël, une cavalcade dans le couloir, et des bruits d'assiettes dans la cuisine. Surprise en approche. Je ferme les yeux, et profite des dernières secondes de ma trentaine, cette étrange période que j'ai commencée en boîte, bourrée, célibataire, et que je finis…

— JOYEUX ANNIVERSAIIIIRE, MAMAN !

C'est parti.

Je fais mine de m'extraire d'un profond sommeil.

— JOYEUX ANNIVERSAIIIIIRE, MAMAN !

Déferlement d'amour douillet. Je m'assois comme une vieille dame hospitalisée. Lucien, dit l'Arsouille, me saute dessus en chantant.

Joseph l'imite en m'écrasant les seins au passage, tandis qu'Étienne me présente un pain au chocolat sur une assiette en plastique. Il a planté dessus une bougie en forme de 4 que je reconnais. C'est moi qui l'ai achetée à Rosny 2 pour les quatre ans de Lucien. Il a dû la trouver dans le tiroir à bordel de la cuisine, au milieu des piles usées et des aimants de l'ancien réfrigérateur.

— Joyeux anniversaire !!

Applaudissements, et pluie de baisers que je rends à la volée. Tout à coup, je lève la main. Attention, je vais souffler. Mes deux gars se mettent en position. J'ai à peine le temps de gonfler mes joues qu'ils postillonnent en spray sur la bougie. La voilà morte une deuxième fois au champ d'honneur. Elle peut aller rejoindre fièrement son tiroir.

Étienne m'embrasse.

— Bon anniversaire, mon amour. Tu vois, je n'en ai pas fait trop, mais je devais marquer le coup quand même.

— Merci. C'est parfait.

Heu… c'est tout ? Mes quarante ans tiennent dans une assiette en plastique ? Il retourne tartiner ses pains au lait, pendant que les garçons sautent du lit, et partent ventre à terre se disputer la chaise en skaï rouge… comme tous les matins. Je lui avais demandé de ne pas faire trop de vagues, mais maintenant que je l'ai vécu, ce minuscule, mais adorable, mais minuscule anniversaire, je ne peux pas m'empêcher d'imaginer ce que donnerait la scène dans l'appartement d'en face.

Papa Modèle a planté quarante bougies magiques sur quarante macarons nacrés Pierre Hermé. Hilare, maman Modèle essaie de les éteindre. Elle souffle, et souffle encore. Leurs deux filles l'aident sans cracher, parce qu'à la différence des miens (et de tous les enfants du monde), elles savent souffler, siffler et jouer de la flûte traversière. Papa Modèle sort un écrin en velours que maman Modèle ouvre en tremblant. C'est une bague Chaumet que maman Modèle gardera toute sa vie. Elle la glisse à côté de son alliance, et embrasse papa Modèle avec une tendresse qui n'existe que dans les films. Vient alors le tour des filles qui tendent à leur mère deux magnifiques dessins préparés pendant des heures (car ces enfants peuvent se concentrer plus de dix minutes consécutives, et maîtrisent parfaitement les techniques de perspective). Au dos, on peut imaginer un poème en rimes riches.

De mon côté de l'impasse, une demi-heure plus tard, je suis à la porte, en train d'engueuler Joseph qui n'a toujours pas mis ses tennis Spider-Man (avant d'être maman, je ne pensais pas pouvoir dire : « Mets tes chaussures » ou « Lave-toi les dents » avec autant de colère). J'ai juste eu le temps de prendre une douche, nourrir le chat et avaler un café. On est en retard pour aller à l'école… comme tous les matins… sauf que ce matin n'est pas un matin comme les autres. Ce matin, je n'ai plus pied.

14

Je gare ma voiture en double file devant l'école. Point mort, frein à main, warnings. Je sors et libère mes deux singes hurleurs. Comme dit mon amie Aurélie Meillon : « Il y a des enfants sages comme des images, moi j'ai plutôt des dessins animés : vingt-quatre images par seconde. » Sur les quelques mètres qui nous séparent de l'entrée, ils courent, font tourner leur cartable… Je me demande où ils puisent cette énergie, moi qui me décharge comme un iPhone.

J'accompagne encore Lucien dans sa classe, tandis que Joseph entre seul, en traînant son cartable derrière lui. La première fois que je l'ai vu partir, j'ai eu l'impression qu'il portait un costume et un attaché-case. Monsieur embauchait au CP. Je l'embrasse et lui souhaite une bonne journée.

— Bonne journée, maman.

Je sais que cet instant est précieux. Certaines de mes copines n'ont déjà plus le droit d'accompagner leur préado jusqu'à la porte. Lucien fait un bisou sur le nez de son grand frère (un lien qui tourne parfois au filet de morve, ou de bave, ou les deux), et on le laisse rejoindre sa cour de récréation, ses camarades, ses échanges de Pokémon.

Étape suivante : attraper l'anguille qui sert de main à Lucien, monter les escaliers de la maternelle, accrocher sa petite doudoune sur son portemanteau décoré, faire la queue pour pénétrer dans cet univers miniature, bruyant et coloré qui réveille de vagues souvenirs de gommettes… Les jours, les mois, les années se suivent et se ressemblent. Je retrouve les mêmes maîtresses d'un enfant à l'autre. Seule différence, je salue de plus en plus de parents dans les couloirs. Difficile de dire si c'est par politesse ou par solidarité.

J'embrasse Lucien, lui rappelle que papa viendra le chercher pour l'emmener à l'athlétisme, et vais retrouver ma C3 qui clignote dans la rue.

— BON ANNIVERSAIRE, MA VIEILLE !!

— Hé hé. Merci, les filles.

J'embrasse Livia et Capucine.

— Tu as le temps de prendre un café ?

— Non, désolée, j'ai une visite dans dix minutes. Je crois que je peux demain, je regarde et je vous dis ça.

Je monte dans ma voiture et leur fais un petit signe en démarrant. Les copines-mamans d'école… Voilà des amitiés dont je n'ai pas tout de suite soupçonné le potentiel. Au début, elles se résumaient à *maman Gaspard* et *maman Adama* dans mon téléphone. Il nous arrivait de discuter devant la crèche, mais la seule chose qu'on partageait à ce moment-là, c'était le paquet de chouquettes coincé dans la capote de la poussette. Et puis à force de lutter ensemble contre les bronchites asthmatiformes, et mettre nos forces en commun le week-end, on est devenues de vraies amies, des amies intimes, des amies formidablement adaptées à notre nouvelle vie. On a le même rythme, les mêmes préoccupations, elles sont ravies de venir à la maison partager un verre de vin à 19 heures alors qu'autour de nous l'enfance fait rage, les doudous volent comme des obus, les caprices explosent comme des mines. Elles ne sont pas choquées quand Lucien fond en larmes parce qu'il n'a pas eu le verre à moutarde Mickey. Elles ne me font pas de petites réflexions quand je cède, ouvre le lave-vaisselle qui tourne, rince son putain de verre et le lui donne. Elles savent que les principes se dissolvent dans la fatigue, que l'éducation c'est viser cinq fruits et légumes par semaine. Ce sont des amitiés vivantes, qui se construisent au présent. Avec mes copines de Limoges, on est restées coincées dans les années 1990. Je les appelle les rares fois où je vais voir ma mère. On se donne rendez-vous au Ponticaud, comme à l'époque. On boit, on fume, on critique Alban, mon ex, comme à l'époque. Mis à part les quelques minutes où on se montre les photos de nos enfants, on vit dans le passé. La preuve : elles ne me parlent jamais de Stella. Sujet tabou. Comme si Stella et moi venions de nous engueuler, alors que ça fait près de vingt ans, il y a prescription.

Je m'arrête à un feu.

Non, il n'y a pas prescription. Je lui en veux encore. En près de vingt ans, je n'ai pas été foutue d'accomplir le moindre chemin vers le pardon (et ce n'est pas faute d'avoir suivi un cour d'initiation au kriya yoga). L'histoire qui a fait imploser notre amitié m'apparaîtra toujours comme une tragédie, un drame abject où se mêlent ignominie et trahison. Je vous laisse juges.

Après le bac, Stella a tout naturellement voulu s'installer à Paris. Le cygne en avait fini avec les canards de basse-cour. Elle m'a proposé de partir avec elle. Alban venait de me larguer après quatre ans de roulages de pelles et de baises éblouies le mercredi après-midi sous son poster de Nirvana. C'était comme si mon père m'abandonnait une seconde fois, autant dire que je vivais ça avec beaucoup de recul. En y repensant, je crois que j'ai déménagé à Paris pour le faire réagir. Je me suis inscrite en études de commerce à l'université Paris-Descartes. Officiellement, ma mère était très fière de moi. Officieusement, elle était soulagée de ne plus avoir à remplir le frigo et rentrer dormir de temps en temps. Je ne lui ai évidemment pas dit que j'allais vite revenir. Alban ne supporterait pas de m'imaginer seule dans cette grande ville infestée de célibataires. Il allait prendre le train, passer tout le trajet à attendre devant la porte, bondir sur le quai, traverser Paris en courant, dégonder la porte de notre appartement, et m'arracher à cette vie sans lui.

Stella a été admise à Duperré, une école d'arts appliqués spécialisée dans les métiers de la mode. Mon plan marchait comme sur des roulettes. J'allais vraiment partir, et ainsi enclencher le mécanisme machiavélique du « Fuis-moi, je te suis ». Début septembre, on a pris le train pour rejoindre le magnifique trois-pièces que ses parents venaient d'acheter au métro Ledru-Rollin. C'est vrai, pourquoi s'emmerder à louer quand on peut être propriétaire ? Bienvenue dans le monde des Saintonge où l'argent n'est pas un problème, mais une solution.

L'automobiliste derrière moi klaxonne alors que le feu vient juste de passer au vert. Dans un style « passif-agressif », je mets un temps infini à redémarrer.

Paris a adopté Stella à la seconde où on a posé un pied gare d'Austerlitz. Littéralement. On est descendues du train, et un homme lui a porté sa valise jusqu'au métro. Ensuite, sa beauté nous a ouvert toutes les portes des boîtes de nuit, des soirées privées et des backstages de concert. Très vite, on a été invitées partout. L'effet boule de neige, avec une boule à facettes. Dans la plus belle ville du monde, Stella était chez elle, et moi j'étais tolérée, comme un sac à main en jean au bras de Gisele Bündchen. On ne payait rien. On n'attendait jamais. Vous n'imaginez pas l'effet que produit la beauté sur les gens. Ça les hypnotise, les asservit, ils veulent tous en être, même quelques secondes. Stella acceptait passe-droits, verres et compliments avec un sourire lointain qui faisait tourner le système, et moi, je suivais en multipliant les blagues pour compenser mon physique ordinaire.

Alban n'a jamais dégondé notre porte. Il n'a même pas répondu à mes textos. On était plutôt sur du « Fuis-moi, je te suis reconnaissant ». Heureusement, la distance accélère la digestion.

J'ai oublié mon premier amour dans les bras du deuxième, du troisième, du quatrième… Les mecs ont commencé à défiler dans notre vie. Certains ont alimenté des conversations interminables, d'autres de simples fous rires. On découvrait l'anonymat, le goût du n'importe quoi, n'importe qui, n'importe comment, la liberté de pouvoir rouler des pelles alcoolisées à des barmen sans prendre le risque d'attraper une mauvaise réputation. Les prétendants de Stella étaient évidemment plus nombreux et plus motivés que les miens, mais j'arrivais quand même à me bricoler une vie sexuelle digne d'une Parisienne.

Le week-end, notre salon ne désemplissait pas. (Un peu comme la salle de *La Joconde* au Louvre.) En revanche, la semaine, on travaillait suffisamment pour assurer nos examens. Je me souviens d'avoir passé une nuit blanche pour aider Stella à finir la maquette d'un défilé de mode. Elle s'était lancée dans un délire pop art autour de la société de consommation. Le catwalk était dans l'allée centrale d'un supermarché qui ne vendait que des soupes en conserve Campbell's. Je la revois découper ses planches de carton plume, monter sa grande surface, remplir ses rayons à la pince à épiler de mini-boîtes de soupe en balsa peint… et puis elle a rencontré Thomas.

Je me gare devant le 9, rue Normandie-Niémen. Les acheteurs ne sont pas encore arrivés. Je coupe le moteur et les attends au chaud.

Thomas l'a détruite. Une nuit d'hiver, elle est sortie de chez Castel. Il fumait une cigarette sur le trottoir enneigé en attendant son taxi. Il avait dix ans de plus qu'elle, et portait un manteau en cachemire. Leurs regards se sont croisés, et la neige a fondu autour d'eux. Quand le taxi est arrivé, ils étaient déjà en train de s'embrasser. Dans le mouvement, il l'a emmenée danser à Berlin, l'a présentée à tous ses amis, l'a baisée vigoureusement quand tous les autres hommes osaient à peine toucher son corps de rêve, et puis il l'a quittée, du jour au lendemain, sans raison. Du bout des doigts, ce connard avait enlevé la première cale. Un pan de la personnalité de Stella s'est effondré dans une mare de larmes. Et puis il est revenu… et reparti… revenu… et reparti… Il a alterné déclarations et ruptures, éloges et humiliations, et l'a brisée. Lentement mais sûrement. Elle a perdu son assurance. Elle dépensait des sommes délirantes chez des coiffeurs-visagistes, tremblait à l'idée que Thomas n'aime pas sa nouvelle coupe, sortait beaucoup, rentrait peu, prenait de plus en plus de cocaïne, et avait de moins en moins envie de découper du carton plume… J'ai essayé de la mettre en garde, mais qui étais-je pour lui donner des conseils ? Moi, sa copine de province, même pas foutue de s'épiler correctement les sourcils. J'ai tenu bon quand Thomas et elle se sont moqués de moi parce que je dansais en boîte. J'ai tenu bon quand elle s'est mise à sortir dans mon dos, me mentir, avoir honte de moi. J'ai tenu bon quand elle ne parlait plus que de sa nouvelle amie, Maud. Maud par-ci, Maud par-là, « T'aurais vu la robe de Maud », « Je ne peux pas, j'ai rendez-vous avec Maud »,

« Je ne peux pas, je fais répéter Maud pour son concours d'entrée au Conservatoire ». Des années plus tard, quand Maud-Maud-Maud a joué dans *Sauvage*, et qu'elle est devenue Maud Moreau, la star internationale qui vient de tourner dans le dernier James Bond, ça a provoqué chez moi une remontée d'aigreur, mais à l'époque, j'ai tenu bon.

Jusqu'à ce week-end maudit où Stella est allée à Limoges. Thomas venait encore de la quitter. Elle a sauté dans un train, pour s'éloigner de lui à deux cents kilomètres-heure. Quand elle est rentrée le dimanche soir, elle avait le regard fuyant, et pour cause, elle avait couché avec Alban. L'homme qui m'avait signifié clairement que je n'étais plus assez bien pour lui. Elle avait mis sa langue dans sa bouche. Il s'était glissé entre ses cuisses douces et fuselées, sidéré d'avoir cette chance, lui qui pensait être condamné à ne sauter que des Pilar. Je l'ai imaginé faire un clin d'œil à Kurt Cobain, et ça m'a donné la nausée. Que Stella ait eu besoin de se rassurer ce week-end-là, tester à nouveau son immense pouvoir de séduction, je le comprenais, mais pas avec Alban. Alban, c'était chasse gardée, elle le savait. Au-delà de cette limite, notre amitié n'était plus valable.

J'ai rempli mon sac rose et bleu, scotché des cartons récupérés au Franprix d'en bas, et me suis installée chez un copain de fac le temps de trouver autre chose. Stella ne m'a pas retenue. Stella n'a jamais cherché à me recontacter pour s'excuser. Elle a disparu de ma vie.

C'est moi qui suis partie, pourtant je me suis sentie à nouveau abandonnée. J'étais la petite grosse qui empêchait les gens lumineux de faire l'amour, qui ne comprenait rien à rien, qui ne passait pas de concours d'entrée au Conservatoire, qui dansait en boîte.

Un cliquetis d'ongles me ramène à la réalité. Encadrés dans la fenêtre, Monique et Michel Rousset me sourient de toutes leurs rides. J'enfile mon super costume d'agent immobilier. Voyons si j'ai enfin trouvé la maison qui va leur permettre de se rapprocher de leur petit-fils.

15

Monique me déteste, et je ne comprends pas pourquoi. Au début, le courant passait très bien. Je leur jouais mon petit air de flûte. Ils levaient la tête et tournaient sur eux-mêmes. Une vraie boîte à musique. Et tout à coup, paf, plus rien entre elle et moi. L'interrupteur qui clique dans le vide. Qu'est-ce que j'ai bien pu dire, ou faire, ou ne pas faire ? Quoi qu'il en soit, impossible de remettre le courant. Dans le sillage de mon baratin, elle tire la gueule, soupire dès que je prononce un son, doute de tout ce que je dis, se dirige vers la salle de bains quand je leur propose de visiter la chambre parentale. Michel est charmant et enthousiaste, mais seul, il ne me sert à rien. Ce sont les femmes qui décident. C'est comme ça. Est-ce que ça remonte à la préhistoire, quand la caverne était l'affaire de la femelle ? Est-ce un résidu de l'ère Moulinex, quand la maison tout équipée était l'affaire des ménagères ? Si elle ne veut pas de cette maison, je peux la remettre en vitrine. J'hésite à lui dire que c'est mon anniversaire.

— Et ça, c'est quoi ?

Elle vient d'ouvrir une porte sur une très belle pièce de dix-huit mètres carrés.

— Ça peut être un bureau, mais vu l'orientation, je vous conseillerais plutôt d'en faire une chambre, pour votre petit-fils par exemple. (Mode « lèche-cul » enclenché.)

— C'est orienté plein sud ?

— Non, à l'est.

J'aurais aussi bien pu lui dire qu'elle donnait sur un cimetière.

— Non mais l'est, c'est idéal pour les chambres : elles sont baignées de lumière le matin, mais restent fraîches l'après-midi et le soir.

Elle lève les yeux au ciel (et ça se dit agent immobilier...), puis elle tourne les talons, et continue la visite sans moi. Son joyeux mari la suit comme si elle le promenait au bout d'une laisse à ressort. Je reste plantée là, devant cette magnifique pièce qui ne lui a même pas arraché un sourire. Elle est pourtant plus grande que le studio à Gambetta où j'ai vécu après la « rupture » avec Stella. J'ai compris, la vie ne m'offrira pas cette vente pour mes quarante ans. Ce sera une journée comme les autres, émaillée de petits éclats de désolation.

— Et ça ? On est censés en faire une autre salle de bains, j'imagine ?

Je trottine jusqu'à eux, et jette un œil à l'intérieur. Une pièce carrelée en blanc, avec une baignoire et un lavabo, c'est conseillé d'en faire une salle de bains, oui.

— Mais si la petite salle d'eau du bas vous suffit, vous pouvez aussi en faire une troisième chamb...

— Ne dites pas de sottises !

Elle lève à nouveau les yeux au ciel, et redescend l'escalier. Je n'ose plus ouvrir la bouche. J'ai peur qu'elle se fasse un claquage du nerf optique.

16

Monique a tenu à redescendre toute seule au sous-sol (je sais encore faire la différence entre une buanderie et une cave, merci). À travers la fenêtre de la cuisine, je vois Michel déambuler dans le petit jardin, les mains dans le dos, le sourire aux lèvres. Il se verrait bien faire pousser ses tomates ici, oui. Avec sa calvitie et son collier de barbe, il se fond parfaitement dans le décor.

— Vous croyez que je ne vois pas votre petit manège ?

Je sursaute et me retourne, une main sur le cœur. Monique plante ses yeux dans les miens.

— Il vous plaît !

— Le jardin ?

— Mais non, pas le jardin !

On traverse un moment débraillé où je ne comprends pas ce qu'elle me dit.

— Mon mari !

— Votre mari… aime le jardin ?

— Roh, cessez de faire l'imbécile ! Depuis qu'on est arrivés, je vois bien que vous regardez mon mari !

— Regarder… mais… c'est-à-dire ?

Elle ne peut pas sérieusement m'accuser de vouloir lui voler son nain de jardin ? À la limite, je pourrais le lui emprunter pour fixer une applique ou parler mots croisés avec Étienne, mais…

— Il est pris !

— …

— Donc inutile de… hein ! C'est peine perdue !

— D'accord, mais je vous jure…

— C'est pas parce que vous l'avez fait rire une fois qu'il faut vous imaginer je ne sais quoi !

Je l'ai fait rire ? Ah oui, effectivement, ça me revient : j'ai répondu « Fraîchement » quand il m'a demandé « Comment allez-vous ? », et il a ri. Ça m'a surprise d'ailleurs. Comme si quelqu'un riait à « Noyeux Joël ». Bruit de porte. On se tait. Il revient, l'homme pour qui les femmes se battent, le mâle dominant qui parvient à réaliser l'exploit d'être à la fois maigre et bedonnant. Vraiment, rien chez lui n'accroche ma libido. Rien. J'ai pourtant raté mon Œdipe faute de participant, je pourrais avoir un penchant malsain pour les hommes qui ont l'âge de mon père, mais il faudrait au moins faire un effort sur le budget cheveux.

— Moi, ça me plaît beaucoup. Hein, qu'est-ce que tu en penses, Monique ?

Monique n'a pas d'avis. Elle est sur un autre dossier. Dans le monde reposant des Monsieur-Madame, Monique serait Madame Jalouse. Elle irait acheter sa baguette chez Madame Croissant-Chaud, et lui casserait la gueule parce qu'elle a souri à Monsieur Tomate.

Michel redescend au sous-sol pour examiner la chaudière (c'est la troisième fois qu'il fait ça… décidément il a vraiment le profil du tombeur). Madame Jalouse se tapote la pommette juste sous l'œil pour me signifier qu'elle veille au grain. Si j'essaie encore de lui barboter son apollon, j'aurai affaire à elle. Bizarrement, ce geste m'émeut. La probabilité pour qu'elle soit au premier stade de la maladie d'Alzheimer est énorme, mais il y a aussi une chance – minuscule, mais bouleversante – qu'elle n'ait pas vu vieillir son mari, qu'elle n'ait pas vu son visage s'affaisser, ses rides se creuser, son corps se compacter, qu'elle n'ait pas vu son ventre pousser à la différence de ses cheveux, qu'elle l'aime comme au premier jour, d'un amour fébrile et féroce. Et tout à coup, j'ai envie de rentrer chez moi et de me blottir contre Étienne, m'entortiller dans sa tendresse, le remercier d'être aussi solide. Il ne se force pas, sa stabilité est héréditaire. Chez les Gabison, on est stable de père en fils. Ce n'est pas un arbre généalogique qu'il a, c'est une forêt de chênes. Des fonctionnaires, des enseignants, des notaires, des générations d'hommes-racines. Je suis sûre qu'aucun de ses ancêtres ne sifflait des verres de Dubonnet avec les collègues avant de rentrer à la maison, alors que moi, je suis plutôt d'une lignée de viande saoule capable d'expliquer en vacillant que le Dubonnet, au départ, c'était un médicament. Je ne parle que du clan Mouclade, bien sûr. Si ça se trouve, mon père vient d'une dynastie de souverains de la vie, mais j'en doute. Un homme qui couche avec une fille qu'il vient de rencontrer au Calypso Club

Limoges à la fin des années 1970, puis disparaît en ne lui laissant que son prénom (Serge), ne semble pas avoir des dispositions particulières pour la stabilité. De sa naissance à ses vingt ans, Étienne, lui, n'a pas changé de pot : toujours le même appartement, rue Daguerre, dans le quatorzième arrondissement de Paris. Son père était professeur d'histoire, sa mère travaillait à France Inter. Aujourd'hui encore, il adore sa grande sœur. Il trouve que la cellule familiale est un cocon où l'amour est toujours plus fort que la déception. De toute évidence, on ne parle pas de la même chose. Quand on me dit « cellule familiale », j'entends surtout « cellule ». J'étais programmée pour galérer jusqu'à la ménopause, et finir amoureuse d'un homme marié. Grâce à l'extraordinaire stabilité d'Étienne, notre couple ne s'est pas construit sur une faille. En huit ans, on n'a pas vécu un seul tremblement de terre. Des microséismes oui, mais pas de moments oppressants où le sol bouge, et où tout se casse la gueule. Je ne devrais pas avoir peur de vieillir puisque j'aurai éternellement trente-deux ans dans les yeux d'Étienne… Je me prends à espérer qu'il ait organisé quelque chose ce soir. Une grande fête pour célébrer le temps qui passe, le temps qui n'est pas mon ennemi, le temps qui fait grandir nos garçons et renforce notre amour pour qu'éclatent de joie chaque heure et chaque jour.

Monique semble prête à me cracher au visage. J'ai envie de la serrer dans mes bras.

17

Je rentre à la maison le cœur ouvert, prête à recevoir l'extraordinaire offrande d'une fête en mon honneur. Bien sûr qu'Étienne a organisé quelque chose pour mes quarante ans, sinon je n'aurais pas eu droit à cette vieille bougie plantée de travers sur une viennoiserie de la veille. Je ne m'attendais pas à des jongleurs et des cracheurs de feu au pied du lit, mais là, quand j'y pense, c'était presque une gaffe. Évidemment qu'une énorme soirée se prépare. Je n'ai quasiment pas eu de textos en plus. C'est bien la preuve que tout le monde s'apprête à me souhaiter un merveilleux anniversaire de vive voix. Si je fais le bilan, j'ai reçu quelques émojis gâteau-cadeau-cœur-cœur de copines de Limoges et un gentil message d'Albert Bauer qui commençait par « C'est bon là, je peux parler ? » et finissait par « Il faut venir nous voir en Alsace avec votre petite famille ». J'en conclus qu'Étienne a organisé un anniversaire de proximité. Juste les copains de Paris et de Romainville. Tant mieux, ça réduit le risque de voir réapparaître Stella.

Au volant, je souris en imaginant ce qu'a dû être la journée de mon homme. Je le vois gonfler des ballons multicolores, monter sur une chaise pour accrocher des fanions, déplacer la table contre la bibliothèque, mettre une belle nappe et sortir de la vaisselle en carton rigolote (*À quarante ans, on n'est pas vieille, on est vintage*). J'espère que quelqu'un s'est occupé de la playlist parce que je me sens d'humeur guerrière. Je vais danser comme un soldat de la jeunesse jusqu'à ce que les bouteilles se couchent et le soleil se lève. D'ailleurs, je suis curieuse de savoir comment Étienne s'est débrouillé avec les garçons. Est-ce qu'exceptionnellement Lucien n'est pas allé à l'athlétisme ? Dorment-ils chez Capucine ? Est-ce qu'ils iront mais plus tard ? Dans ce cas, à l'heure qu'il est, ils sont postés de chaque côté de la porte, armés de canons à confettis, et derrière eux c'est la polyphonie des « Chuuut ».

Je jette un œil à la façade de notre immeuble avant de descendre dans le parking. La lumière du salon est allumée. Les invités doivent être à genoux derrière le canapé et tassés dans le coin cuisine, prêts à bondir au moindre bruit de porte. Pilar, ne fais pas attendre ton public ! Je gare la voiture, et me remets du gloss. Mes boucles pourraient être plus rebondies et mon pull moins surmené, mais je ne vais pas me plaindre, j'ai eu des fins de journée plus difficiles. Avec une coupe de champagne et un sourire, ça passera très bien. Je claque la portière dans le silence du parking et me dirige vers l'ascenseur. Mon cœur se met à battre. Combien sont-ils là-haut ? Vingt ? Trente ? J'ai peur d'être submergée par l'émotion. Je monte dans l'ascenseur en espérant que les portes ne se rouvrent pas au rez-de-chaussée sur le visage cramoisi d'un retardataire. J'appuie sur le bouton et démarre mon ascension vers la gloire. Faites tourner le diadème !

18

Arrivée sur le palier, je tends l'oreille. Rien. À part mon cœur qui se prend pour David Guetta. Je tremble en glissant ma clé dans la serrure. C'est ridicule, tous ceux qui sont derrière cette porte m'aiment (sinon ils n'auraient pas relevé le défi d'être à 19 h 30 à Romainville), c'est peut-être ça le problème, tout cet amour, d'un coup… J'inspire profondément, et pousse la porte en fermant instinctivement les yeux. Il ne manquerait plus que je me prenne un serpentin dans l'œil (paf, ah ah, bon anniversaire, Pilar !). Un serpentin ou… des cotillons ou… Je rouvre lentement les yeux. Le salon est vide. Rien n'a bougé depuis ce matin, ni la table ni même les pyjamas des garçons sur l'accoudoir du canapé. Tout a l'air inerte, lourd, même Marley semble scellé au canapé.

Déception.

Grosse déception.

— Étienne ?

— OUI !

— T'es où ?

— DANS LA SALLE DE BAINS, MAIS NE RENTRE SURTOUT PAS ! JOSEPH A EU UN PETIT ACCIDENT.

La peur me balance un liquide glacé dans les veines, sans ménagement, comme une gardienne jette un seau d'eau sous le porche de son immeuble.

— QUOI ?! MAIS QU'EST-CE QUI S'EST PASSÉ ?

— RIEN DE GRAVE, T'INQUIÈTE, IL S'EST JUSTE OUVERT LA TÊTE.

Juste ouvert la tête ? Comment peut-on *juste* s'ouvrir la tête ? Je fonce jusqu'à la salle de bains.

— SURTOUT N'ENTRE PAS !

J'entre. Je ressors.

— PILAR ! C'EST RIEN DU TOUT !

Si c'est rien du tout, pourquoi il y a du sang par terre, sur la baignoire et sur le gros coton carré qu'Étienne maintient fermement sur la tête de notre fils ?

— COMMENT IL S'EST FAIT ÇA ?

— IL EST MONTÉ SUR LE MARCHEPIED, ET S'EST PRIS LA PORTE DU PLACARD AU-DESSUS DU LAVABO.

Quelle horreur ! C'est une porte en miroir. Il a dû se transpercer le crâne jusqu'au cerveau.

— ÇA VA, JOSEPH ?

— Oui, maman.

Normalement, je suis obligée de lui dire « Oui qui ? » pour obtenir « Oui, maman » !

— TU AS TRÈS MAL ?

— Non, maman, seulement un peu.

Qui est cet enfant ? Rendez-moi mon morveux hyperactif !

— ON VA SORTIR, PILAR. TU NE T'AFFOLES PAS, S'IL TE PLAÎT. C'EST LA TÊTE, C'EST NORMAL QUE ÇA SAIGNE.

C'est normal que ça saigne la tête ? Non, c'est pas normal que ça saigne. Une tête, à cet âge-là, c'est fait pour porter des bonnets à pompon, pas pour saigner dans une salle de bains. Étienne sort avec Joseph dans les bras. Il tient toujours le coton sur le sommet de son crâne. La tache rouge au milieu m'arrache un gémissement.

— Pilar, regarde-moi. Je te dis que c'est rien. On va aller aux urgences, ils vont faire un ou deux points de…

— Aux urgences ? Tu crois ?

— Écoute, ça n'a pas l'air très profond, mais bon… Tu veux regarder ?

— Non !

— Ok, tu veux bien nous conduire aux urgences, et ensuite aller chercher Lucien à l'athlé ?

— Bien sûr…

— On rentrera en Uber.

— D'accord…

Je perçois l'ombre d'un sourire sur le visage de notre petit garçon. Il a la moue boudeuse, mais une part de lui vit une aventure époustouflante. Ressortir à l'heure où normalement on dîne, aller attendre dans une salle où il y aura peut-être une télévision, manger ce que papa trouvera dans la machine à gaufres et à bonbons, avoir le droit de jouer sur son téléphone, rentrer en pleine nuit, être le héros d'une anecdote que ses parents vont ressasser pendant des années… Je le connais mon gars, il commence à se dire que ça valait bien un petit éclair de douleur et quelques gouttes de sang.

19

En démarrant la voiture, je note que mon anniversaire est de plus en plus raté. J'ai mis cinq minutes avant d'y repenser. Je ne dois pas être une si mauvaise mère. Certaines mamans l'auraient sans doute oublié, purement et simplement. Le trou noir dans le crâne de leur fils aurait absorbé jusqu'à la plus petite particule de fête en suspension dans l'air. Moi, j'ai tenu le temps de sortir de l'appartement, prendre l'ascenseur et m'installer dans la voiture. Cinq minutes. Je vous laisse convertir ce score en secondes de dévouement maternel.

Je sors du parking et m'insère dans la file de voitures avenue Lénine. Étienne s'est assis à l'arrière avec Joseph. Personne ne parle. Mon fils admire la ville de nuit. Mon homme, lui, doit penser aux heures qui l'attendent, des heures molles, coincé dans une salle remplie de mortels défectueux, des heures à relever la tête dès qu'une porte coulisse, à respirer l'odeur doucereuse de la maladie mélangée aux produits d'entretien. Pour fêter mes quarante ans, j'ai l'impression qu'on ne peut pas tomber plus bas, mais je changerai peut-être d'avis quand je m'ouvrirai une bouteille après avoir couché Lucien (bon anniversaire, moi).

— Je suis désolé pour ton anniversaire, mon amour.

— (Ah, on en parle quand même.) Je n'y pensais même plus, tu vois.

— J'avais prévu de commander des sushis.

— (C'est tout ?) C'est adorable.

— On se fera ça demain.

— Voilà. (Et puis on fêtera Noël en février).

J'adore les sushis, ce n'est pas la question, mais j'ai du mal à ne pas entendre notre couple grincer sous le poids des ans. Je sais bien que c'est moi qui lui ai demandé de ne rien faire, mais n'est-ce pas alarmant qu'il m'ait écoutée ? Pour notre première Saint-Valentin, Étienne m'a emmenée à Venise. Pas Pont-Audemer, la petite Venise normande, non, Venise la vraie, la Cité des doges, la Sérénissime. Il est venu me chercher à Gambetta « pour déjeuner ». Deux heures plus tard, on était dans un avion. Quatre heures plus tard, on faisait l'amour dans une chambre satinée de l'hôtel Palazzo Veneziano. Six heures plus tard, devant une pizza quattro formaggi, on décidait de faire un enfant. Voilà à quoi ressemblaient Étienne et Pilar il y a huit ans. On venait de se rencontrer dans une soirée, à l'heure où tout le monde est persuadé de savoir faire le moonwalk. On était libres, on était prêts, on a pris tous les raccourcis.

Je nous revois déambuler dans les rues de Venise en cherchant des prénoms, soupirer sur les ponts, nous gondoler en gondole. Au mépris des clichés, on s'est embrassés sur la place Saint-Marc, et la caméra s'est mise à tourner en faisant s'envoler les pigeons. La ville devait être pleine à craquer de Valentin et de Valentine, mais on ne les voyait pas. L'Amour, c'était nous, les autres n'étaient que de pâles copies, des mâles et des femelles mal assortis piétinant à l'entrée de l'arche de Noé, tandis que nous virevoltions sous le soleil. Sur notre passage, les masques vénitiens souriaient, les fleurs s'ouvraient dans les verres de Murano, les gondoliers poussaient la sérénade... Huit ans plus tard, Étienne a sorti une barquette de saumon fumé du frigidaire, a dit « Tiens, c'est marrant, il périme le 14 février ». Voilà. C'est tout ce que j'ai eu pour la Saint-Valentin : une blague, même pas une blague, une date de péremption. Et aujourd'hui, ce non-anniversaire. Je ne voulais pas de grosse fête, d'accord, mais j'espérais quand même mieux qu'un menu E7, deux brochettes de bœuf au fromage et une Asahi.

— Tiens, prends la prochaine à droite, et gare-toi sur le bateau de Livia et Daniel, comme ça tu pourras nous accompagner jusqu'à la salle d'attente. S'il y a trop de monde, on ira ailleurs.

Le tour des hôpitaux du Grand Paris, on n'y pense pas pour son anniversaire.

Clignotant. Je tourne dans la rue de Livia et Daniel, et me gare devant leur maison. On sort de la voiture. Je prends Joseph dans mes bras. Sur le haut de sa tête, j'aperçois une mèche de cheveux cartonnée de sang séché, mais j'essaie de me concentrer sur tout le reste de son corps qui fonctionne à merveille. Étienne sonne pour prévenir nos copains qu'on s'est mis devant chez eux… et tout à coup, tout va très vite. Livia ouvre le portail, déguisée en Petit Chaperon rouge. Je n'ai même pas le temps de me demander si on les dérange en plein jeu sexuel qu'Étienne me pousse à l'intérieur, et je découvre, sous les lampions multicolores du jardin, tous mes copains déguisés.

— SUUUUUUURPRIIIIIIIISE !!

J'adresse un regard ahuri à Étienne, puis à Joseph qui éclate de rire.

— C'était pour de faux ! Je me suis même pas ouvert la tête !

Il me colle son crâne sous le nez.

— C'est du faux sang de cinéma ! C'est bien fait, hein ! C'est papa qui l'a trouvé dans un magasin !

Je n'arrive pas à réactualiser la situation. Mon fils n'a pas de trou dans la tête ? Personne ne va aux urgences ?

Étienne me sourit.

— Bon anniversaire, mon amour.

Mon cerveau a dû produire trop d'adrénaline. J'ai du mal à redescendre. Dans les rangs des invités, ça commence à chuchoter (je vous l'avais bien dit que c'était de mauvais goût). Mon homme m'embrasse, et me murmure à l'oreille qu'il devait taper fort pour me surprendre. Je comprends. Taper fort bien sûr, mais pas sur la tête de notre fils, si ? J'écrase un baiser sur la joue de Joseph – plus pour prendre de l'énergie que pour en donner –, le pose par terre, et serre Livia dans mes bras pour la remercier. Ça lance la soirée. Tout le monde se presse autour de moi.

Des super-héros, des médecins, des astronautes, des pompiers, des pirates, Peter Pan, Hulk… et Capucine qui me tend une coupe habillée en mère Noël ? Apparemment, il y a eu divergence sur le choix du thème. J'accueille les « Bon anniversaire » et les « Ça fait trop plaisir de te voir » avec de grands sourires ahuris. Toute ma vie défile devant mes yeux : Limoges, la fac, le café où j'ai travaillé pour payer le loyer de mon studio, mon premier boulot dans une agence du vingtième, la crèche, la maternelle, l'école primaire. Tout le monde bouillonne d'humour et de gentillesse. Je me détends… d'autant que Stella n'est pas là… Tout à coup, à l'image d'un farfadet dans les hautes herbes, mon minuscule Lucien se fraie un chemin jusqu'à moi.

— Tu n'es pas à l'athlétisme, toi ?

— Non. Tiens.

Tout à sa mission, il me tend un sweat rouge.

— C'est pour toi. C'est pour te déguiser en Titi.

— En Titi ?

Étienne rectifie :

— En E.T. Enfin, en Elliott. Pour coller au thème.

— Ah, il y a un thème ?

— Oui : la personne que vous rêviez d'être quand vous étiez petit.

J'embrasse à nouveau mon homme (cette perle), et enfile mon rêve de gamine. Maintenant que j'ai quarante ans, je peux le dire, je fais une collection de produits dérivés du film *E.T., l'extraterrestre*. Au début, je cherchais juste une montre digitale collector. Je l'ai trouvée sur eBay.

Quelques jours plus tard, elle a atterri dans ma boîte aux lettres après avoir traversé l'Atlantique. Je l'ai sortie de son papier bulle, ai changé les piles avec d'infinies précautions, l'ai retournée. Elle ne marchait plus. En en commandant une autre, je suis tombée sur d'authentiques badges datant de 1982. En cliquant sur *achat express*, de la douceur liquide s'est répandue dans mes veines. Je ne me souviens plus du jour où, enfant, je suis allée voir *E.T.* au cinéma, mais ça devait être un jour merveilleux, un jour où ma mère avait pris le temps, un jour sans beau-père à moustache qui riait très fort, un jour avec du pop-corn. J'ai reçu les badges que j'ai aussitôt arborés comme des médailles (visez un peu la belle enfance que j'ai eue). Ensuite, – vous savez comment sont les gens quand ils trouvent un filon –, ça a été l'escalade. Figurines, porte-clés, peluches, sac, portefeuille à scratch, tous ont traversé le temps et l'océan pour se faire une place sur la bibliothèque, les étagères, la hotte de la cuisine, les tiroirs… Une discrète invasion extraterrestre que je me refusais à appeler « collection ». (J'ai passé l'âge, merci.) Ce soir, dans mon sweat rouge, je suis bien obligée de me rendre à l'évidence : à quarante ans, je fais une fixette sur *E.T.* et j'oblige ma famille à vivre avec une multitude de paires d'yeux bleus globuleux braqués sur nous.

20

Après quelques gorgées de champagne, je me laisse emporter par le tourbillon. Un anniversaire-surprise, c'est comme une fête foraine : de loin ça paraît bruyant, surpeuplé, presque effrayant, mais quand on y est c'est très joyeux. Je passe de groupe en groupe, picole, grignote, picole plus que je ne grignote, monte vite sur coussins d'air. Je décoiffe tous les gamins qui passent à ma portée, distribue des doubles rations de baisers à tout le monde, échange des banalités pleines d'entrain, ressors mon florilège de vannes sur la maternité.

Oui, ils vont se coucher tard, oh, tu sais, avant j'avais des principes, maintenant j'ai des enfants ! Ah ah ! Et toi, cette grossesse ? Crevée ? Tu m'étonnes, moi, je me serais endormie sur des toilettes publiques !... Et mon Patoche ! Ça fait combien de temps ? Nan ?!... Je reveux bien une coupe, oui, merci !... Tu changes de boulot ?... Ah bon ?! Elle sort avec lui depuis quand ?... J'ai vu, c'est horrible ! (Aucune envie de parler de l'actualité.) Je vais me chercher un truc à manger, je reviens... Caroooo ! Ça me fait tellement plaisir que tu sois là !... Chachaaaa !

Je papillonne en répandant de la poudre scintillante et des postillons alcoolisés. La nuit est multicolore, l'air est moelleux, mon cœur déborde d'amour... Il ne faudrait pas que Stella arrive maintenant. Il ne faudrait pas que Stella arrive du tout. Je cherche Étienne du regard. Il discute avec Franck et Nicolas. Je volette jusqu'à eux.

— Dis-moi... Pardon... Je me demandais juste, tu n'as pas invité Stella ?

— Non. J'ai voulu – depuis le temps que tu m'en parles –, mais je n'ai pas réussi à retrouver sa trace.

— Ah bon ? Elle n'est pas sur Facebook ?

— Non, ni sur Instagram, et plus personne n'a l'air d'être en contact avec elle.

— Ah bon ?! C'est bizarre, ça.

— J'ai pas tellement insisté non plus, hein. J'aurais dû ?

— Pas du tout ! Merci pour tout ça ! C'est génial !

Je me suspends à son cou, mais à l'intérieur, je fronce les sourcils. Stella est forcément sur les réseaux sociaux. Il a mal cherché. Il ne devait plus se rappeler son nom de famille... ou alors elle s'est mariée. Voilà, elle utilise le nom de son mari. Un nom américain qui sonne comme un morceau de jazz. Holloway ou Swanson. Je suis sûre qu'elle poste quotidiennement des photos d'elle en rollers sur Ocean Avenue, qu'elle est suivie par des millions de followers qui likent névrotiquement sa nouvelle collection de boots, son tatouage, ses vacances à Cuba dans son mini-short en jean…

Étienne me révèle les dessous de la soirée : ses astuces pour cacher les paquets qui arrivaient, les deux fois où j'ai failli le griller, les galères de dernière minute…

— Tu sais qu'il y a encore trois heures, Agathe ne venait pas ! Elle m'a appelé en panique !

C'est impossible qu'elle n'ait pas de compte Instagram. Impossible. L'application a été inventée pour elle. Il faut que je tire ça au clair. Je ris à ce que vient de me dire Étienne, l'embrasse et pars en sautillant pour qu'il mette ma fuite sur le compte de l'alcool. Je rejoins mon groupe de copines de Limoges en évitant, tel un matador, tous les gens qui veulent me témoigner leur affection.

— Hé, les filles ! Je suis tellement contente que vous soyez là !

— Nous aussi !

Audrey, Laëtitia et Élodie. Elles ont toutes connu Stella à l'adolescence. Elles vivent toutes à moins de dix minutes du centre-ville. Elles l'ont obligatoirement recroisée quand elle est venue embrasser ses parents. Roulement de tambour. L'heure de faire sauter le tabou a sonné.

— Et dites-moi… je pensais à ça en voyant tout ce monde réuni… (Allez, jette-toi à l'eau.) Vous avez eu des nouvelles de Stella ?

— De qui ?

La tête de Laëtitia me désarçonne. Elle a l'air sincère. Pas du tout la fille qui triture le filtre de sa cigarette en regardant ses pompes (merde, on va être obligées de lui dire qu'elle nous a invitées à fêter ses quarante ans à Miami).

— Comment ça de qui ? Stella, Stella Saintonge.

— Ah oui...

Bah oui... Quand même...

— C'était la blonde qui était avec nous au lycée, c'est ça ?

C'est un complot ou quoi ? Les trois me regardent avec un sourire décontracté. J'ai envie de parler du passé ? Pas de problème, c'est ma soirée. Elles sont prêtes à enchaîner sur la prof de philo que j'adorais (elle s'appelait comment déjà ? Mme Grangaud !) et pendant qu'on y est, pourquoi ne pas entonner le générique de *Tom Sawyer* ?

— Vous ne vous souvenez pas de Stella ?

— Si...

— Si, si... C'est bien avec elle que tu as emménagé à Paris, non ?

D'accord, ce n'est pas du tout un tabou. Stella n'a simplement pas plus existé pour elles que Mme Caron-Viger, notre responsable de niveau en première, ou Jean-Pierre, qui tenait le Télex à côté du lycée.

— Mais je comprends pas, vous ne l'avez pas recroisée depuis ?

— Heu...

— Non.

— Je ne crois pas.

J'ai l'impression de brandir une photo du Champ-de-Mars en hurlant qu'il y a la tour Eiffel au bout ! Ici, juste avant le pont d'Iéna, il y a la tour Eiffel ! Et là, tout le monde : « T'es sûre ?

Ça ne me rappelle rien. Un grand truc en fer pointu, tu dis ? »

— Pardon, mais... elle a bien dû revenir pour voir ses parents. Vous vous souvenez, ils tiennent un hôtel au bord de la Vienne.

— Ah oui !

Quand même !

— Mais ils ont vendu, je crois.

— Oui, c'est un Radisson maintenant. Je le sais parce que ma tante y a couché à Noël.

Voilà que le Champ-de-Mars s'efface aussi ?! J'ai l'impression de devenir folle ! Tous mes souvenirs commencent à s'estomper comme des aquarelles plongées dans de l'eau de boudin ! Il faut absolument que quelqu'un me donne des nouvelles de Stella ! Je ris à ce que vient de dire Audrey, et repars en sautillant. Qui pourrait l'avoir eue ou vue récemment ? Je fais le tour de la soirée en virevoltant, butinant une blague ici, une coupe là. Le problème, c'est que je n'ai gardé aucun copain de notre époque coloc. Quand Stella m'a planté son couteau dans le dos, je n'ai pas fait dans le détail : j'ai balancé le bébé avec l'eau du bain, pas seulement le bébé d'ailleurs, le rideau de douche, la salle de bains, l'appartement, le quartier et tous les potes qu'on s'était faits en un temps record. Je ne voulais pas leur demander de choisir entre elle et moi (un peu pour ne pas les mettre dans une situation délicate, beaucoup parce qu'ils auraient choisi Stella).

Maud pourrait me renseigner. Stella et Maud se voient encore, c'est sûr. La femme-soleil et la James Bond girl. Elles doivent régulièrement se donner rendez-vous pour dîner (salut, copine, t'es pas à Manhattan par hasard ?). Elles passent sans doute des vacances ensemble au bord du lac de Côme dans la villa de George Clooney. Maud l'invite à ses avant-premières. Stella lui envoie les chaussures qu'elle a spécialement imaginées pour elle. Maud saurait, mais bizarrement Maud n'est pas venue au fin fond de Romainville fêter les quarante ans d'une Limougeaude qui est sortie de sa vie avec un couteau planté dans le dos. Je l'ai pourtant beaucoup fréquentée à l'époque où elle s'appelait encore Maud Morteau et fumait des pétards de mauvais shit dans notre salon. Je connais son nom de saucisse et son passé de moule de canapé. Elle était chez nous presque tous les soirs à la fin. Je ne serais pas étonnée qu'elle ait pris ma chambre.

— S'IL VOUS PLAÎT !

Étienne est monté sur une chaise, et je crains que ce ne soit pas pour changer une ampoule de la guirlande multicolore.

— S'IL VOUS PLAÎT !

Il tape dans ses mains. Les conversations s'arrêtent, les enfants aussi. Quelqu'un éteint la musique, et un voile solennel se dépose sur l'assemblée.

— Pilar, ma chérie…

Aïe… Bon… Mon cœur s'arc-boute pour encaisser la charge émotionnelle.

— En cinq lettres…

Et merde.

— On le file quand il est parfait.

On le file… On le file… Tout le monde me fixe. On le file quand il est parfait.

— Le coton ?

— Non. Je t'aurais dit : on le file quand il est *mauvais*.

— Ah... Oui... Alors, on le file... Qu'est-ce qu'on file ? Un tuyau ?

— Mais non. Réfléchis.

Je ne fais que ça. On le file... File... Filer... Arrêtez de me regarder. Mon copain Renaud se penche à mon oreille, et me murmure la réponse que je m'empresse de japper :

— L'AMOUR !

— Exactement. J'aurais préféré que tu le trouves toute seule, mais merci Renaud. C'est peut-être avec toi que j'aurais dû faire deux enfants finalement.

Les invités rigolent. Décidément, quelle bonne soirée.

— Allez, deuxième chance !

Oh non.

— Toujours en cinq lettres : aujourd'hui, on dirait plutôt qu'il rend malvoyant.

— Malvoyant ? Je sais pas. Le soleil ?

Éclat de rire général.

— J'aurais pu aussi te dire qu'on le sert avec de l'eau fraîche.

Quoi ? Mais qu'est-ce qu'il raconte ?

— Pilar... en cinq lettres.

— J'ai bien compris, mais...

— L'amour, mon cœur.

— Ah, encore ?

Nouvelle houle de rire.

— Oui, encore et encore. Qu'est-ce que tu veux, c'est le premier mot qui me vient quand je te regarde.

Tout le monde fait « Oooooh ». On se croirait dans une sitcom.

— Bon, je ne vais pas te faire souffrir plus longtemps. Je voulais juste te dire que je t'aime, et maintenant, place au petit film !

Il saute de la chaise, souple, viril. Heu… je n'ai pas compris. Quel petit film ?

21

Il l'a fait. Étienne s'est mesuré à l'indifférence de ma mère. Je n'ose pas imaginer combien de messages il a dû lui laisser pour qu'elle aille chercher les photos au grenier (oui, Michelle, c'est encore moi, c'est juste pour savoir si vous aviez eu le temps, pour les photos…). Du temps ? Elle n'a que ça, des cadrans entiers. Je ne sais pas ce qu'elle en fait, en revanche je sais ce qu'elle n'en fait pas : descendre deux boîtes à chaussures du grenier ou m'appeler pour mes quarante ans. Ensuite, je suppose que c'est Laëtitia qui a repris la main. Elle aussi a dû s'armer de patience pour arriver à contacter ma mère et récupérer les deux vieilles boîtes Eram, la beige et la jaune (non, pardon, ma bichette, mais demain ça ne m'arrange pas, j'ai mon cours de poterie). Une fois l'indifférence maternelle terrassée, la machine a dû tourner à plein régime. Je vois bien Élodie scanner toutes les photos sur ses heures de bureau, et les envoyer à Étienne pour qu'il monte le petit film qu'on s'apprête tous à voir projeté sur le mur de la maison de Livia et Daniel, un grand beau mec d'origine sénégalaise qui est directeur d'écriture pour un programme court (bienvenue à Romainville, une ville qui est aussi une réserve naturelle d'intermittents du spectacle).

Une musique jaillit des enceintes Bluetooth, une musique qui vous secoue le cœur comme un grelot, et la première photo apparaît sur le mur, gigantesque, bouleversante. Ma mère, incroyablement jeune et lisse, dans un lit de la maternité du CHU de Limoges. Dans ses bras, elle tient un petit boxeur rouge. Les invités sont partagés entre le rire et l'attendrissement. L'alcool aidant, le rire l'emporte.

— Quand même, on part de loin.

— Il n'y en avait plus en rose ?

— C'est quoi ces yeux gonflés ?

Moi, je ne vois que les yeux gonflés de ma mère qui, jusqu'au dernier moment, a pensé qu'elle pouvait faire un enfant avec un inconnu, mais ne pas accoucher toute seule. C'est un des problèmes de Michelle Mouclade, elle pense que deux et deux peuvent faire cinq (ça va oh, on n'est pas des moutons). Quand le résultat arrive (quatre, toujours, on n'est pas des moutons, mais on n'est pas non plus des licornes), elle s'étonne, s'effondre, se morfond... Tiens, la deuxième photo illustre bien cette implacable mécanique : je me tiens assise, petite mère Noël potelée, devant un sapin qui est à peine plus haut que moi. Le public fond (comme elle est mignonne la petite Pilar, quelle belle enfance scintillante elle a eue). On venait d'emménager dans un minuscule logement social avec le lino qui se décolle et les tuyaux repeints sur la rouille. Ma mère s'était dit pendant des mois que des loyers impayés pouvaient parfaitement faire cinq, pour peu qu'on ne sombre pas bêtement dans le pessimisme. Heureusement, mon visage poupin avait attendri l'employée de la mairie.

Les photos se succèdent et rencontrent un franc succès. Mes premiers pas dans le pavillon de Thierry, le tocard à moustache numéro un, le début des emmerdes.

— Que tu es jolie !

— Tu as marché tôt dis donc.

Tu penses. J'avais compris que j'allais devoir me barrer le plus vite possible (les photos mentent, méfiez-vous d'Instagram). Me voilà en train de souffler trois bougies chez Mamita.

— Waouh, c'est ta grand-mère ? Elle est trop belle.

Belle et méchante. Elle ne pouvait pas me regarder sans noter que je n'étais décidément pas très « gracieuse » (ça doit venir de son père, je n'ai jamais vu ce nez-là chez nous). Si elle a été acceptée au paradis, Françoise Dolto a dû lui réserver un accueil glacial. C'était une fille mère elle aussi. C'est bien simple, chez moi, on est fille mère de mère en fille. La première a perdu son mari à la défaite de Sedan sous Napoléon III, et depuis je ne sais pas, on doit veiller le mort. Quand j'ai rencontré Étienne, ma mère m'a presque fait le reproche de briser la tradition. Et dire qu'ensuite j'ai eu le culot d'avoir deux garçons (non mais pour qui elle se prend celle-là ?). Ça, ça devait être au parc Bellevue. Et ça… en Corse peut-être ? Chez Didier. J'aimais bien Didier, pour une fois.

— Roh t'as quel âge, là ?

— Dix ans, je pense.

La photo a été prise dans notre appartement de la rue des Arènes. Je suis devant la télévision avec une copine. On porte toutes les deux des chaussons-chaussettes et des pyjamas en velours. Grosse vague d'enthousiasme. L'effet « soirée pyjama ».

— Vous êtes craquantes !

Avec cette musique joyeuse, je pourrais presque y croire moi aussi. Seulement, c'est une troisième copine qui prend la photo. On est toutes seules. Je n'ai pas vu maman depuis deux jours. C'est moi qui ai organisé la soirée en mentant aux parents. En soi, ce n'est pas grave, je n'ai jamais été vraiment maltraitée, mais n'empêche... mon enfance m'apparaît comme une suite d'instants arrachés de justesse à la débâcle.

Changement de morceau pour mon adolescence. « We Will Rock You ». Tout le monde se met à taper en rythme dans ses mains et les photos défilent au pas de charge. C'est autre chose. C'est moi qui ai pris les rênes de ma vie et qui orchestre mes propres catastrophes. Cigarette et cheveux violets, manifs, soirées et premiers mecs. Quelle horreur ce pull bicolore. Et mes sourcils, c'est pas possible, on dirait que j'ai deux écureuils écrasés sur le visage. Tiens, mon été « plâtre et béquilles ».

— Qu'est-ce qui t'était arrivé ?

— Accident de mobylette le premier jour des grandes vacances.

Je souris sur la photo, une béquille en l'air, quelques secondes de bravoure pour la postérité, mais je me souviens très bien de ces deux mois en enfer. Il n'est pas tombé une goutte de pluie. Elle se serait de toute façon évaporée avant d'atteindre le sol. Je passais mes journées rideaux tirés à regarder les films en VHS que m'apportaient les rares copains qui n'étaient pas encore partis sauter dans les vagues. J'avais déplié un cintre pour me gratter la jambe sous le plâtre. Les moindres gestes du quotidien étaient devenus des disciplines olympiques. Aller aux toilettes, me doucher, me préparer à manger. Il m'aurait fallu un troisième bras, ou une mère, mais elle avait filé en Corse tenter de réchauffer son histoire avec Didier (qui, si je me souviens bien, est restée figée dans sa graisse compacte). Oh, Alban... Il était vraiment beau, ce con... Étienne n'a pas dû réaliser que ce brun ténébreux qui fume sur une plage de Dinard est le même qui, deux ans plus tard, va me jeter comme du gras de jambon et coucher avec ma meilleure amie... qui n'apparaît sur aucune photo d'ailleurs (MAIS JE VOUS DIS QU'ELLE EST LÀ ! ENTRE LE CHAMP-DE-MARS ET LE TROCADÉRO ! ELLE FAIT TROIS CENTS MÈTRES DE HAUT !). Stella a disparu de ma vie, et je réalise que je ne l'ai jamais remplacée. Après elle, plus personne n'a été ma meilleure amie, à part peut-être ma machine à café... Me voilà avec un gros ventre dans les bras d'Étienne. L'assemblée applaudit. C'est vrai que c'est émouvant de voir la petite mère Noël potelée devenir maman à son tour. Queen a laissé place à la reprise reggae d'« Over the Rainbow ». Dès les premières notes d'ukulélé, j'assiste à une impressionnante montée de larmes. Tous mes potes sont en crue. Mon ventre gonfle, gonfle, gonfle et plop, Joseph. Je l'entends crier « C'EST MOI ! » à l'autre bout du jardin, et ça m'émeut, forcément (on n'est pas de bois). Très vite derrière, deuxième bidon à l'hélium. Pschit, pschit, pschit, et plop, Lucien.

— ET C'EST MOI, ÇA, C'EST MOI !

Oui, mon Lulu, c'est toi. Ce que cette photo ne dit pas, c'est que tu as failli mourir coincé dans le corps de ta maman. Étienne a été formidable pendant ces quelques secondes de chaos, comme toujours.

En voyant ma vie qui défile, mon homme m'apparaît comme une cassure inespérée, un changement de direction... vingt-huit, vingt-neuf, trente, trente et un, trente-deux ans, fleur, soleil, joie, naissance, couple, amour. On survole maintenant les années « couches et compotes ». Ciel dégagé. Aucun risque d'orage. On enchaîne avec l'époque « crèche et crayons », puis « McDo et maternelle ». Depuis que mes garçons se sont vus, on n'entend plus qu'eux dans le jardin. Ils commentent tout. On a basculé chez Guignol. Les copains sèchent leurs larmes, et jouent le jeu.

— Et comment il s'appelle ce doudou ?

— Et c'était la maîtresse de qui ça ?

Ma vie ne m'appartient plus tout à fait. J'ai déjà passé la main.

22

J'ouvre l'enveloppe de mon cadeau commun et le frisson de la honte me parcourt l'échine. Comment ai-je pu croire que l'Étienne de Venise avait été emporté par le quotidien ? Comment ai-je pu dire que notre relation sentait le saumon périmé ? Un week-end à Rome. Sans les enfants. Juste nous deux. Nous deux, des oreillers et du chianti ! Je pleure de joie et de soulagement (on doit pouvoir aussi détecter la présence de champagne dans ces larmes). Tout le monde m'entoure. Je viens de souffler quarante bougies sur un magnifique gâteau à étages. J'adore que tous mes amis soient déguisés, même mes deux mandataires qui apparemment rêvaient d'être infirmières-salopes quand elles étaient petites. J'adore ce jardin illuminé. J'adore cette chanson de Justin Timberlake. J'aurais adoré qu'Étienne invite la famille Modèle.

23

Je me souviens du gâteau et du cadeau commun. Très bien. Je me souviens d'avoir poussé tout le monde pour danser sur Justin Timberlake. Je me souviens de Laurent Colin, dit Loco, et de sa bouteille de vodka glacée. Ensuite, c'est comme si je regardais la soirée à travers un kaléidoscope. Les images tournent, et se dédoublent. Des lèvres noircies par le vin rouge, des ongles manucurés sur des coupes de champagne, des silhouettes qui se désarticulent sur des boum boum de patinoire… et puis plus rien jusqu'à mon oreiller. Mon oreiller d'un blanc aveuglant. Je n'ai pas la gueule de bois, j'ai la gueule de pierre. Très loin, dans une autre réalité, je perçois des voix d'enfants. Il est question de cochon qui rit. L'instinct de survie étant ce qu'il est, je me rendors.

24

Lucien me saute dessus. Chacun de ses baisers me donne l'impression qu'on me fouette le visage avec un poulpe. Tout mon être est tétanisé. Mes yeux se terrent derrière mes paupières closes. Surtout ne pas bouger. Étienne intervient, et je retombe à pic dans le sommeil.

25

...

26

Je me réveille quelques minutes (quelques heures ?) plus tard. L'appartement est figé dans le silence. Je tends l'oreille. Rien. Pourtant, deux garçons aussi rapprochés s'entraînent comme des rouages. Quand le premier commence à tourner, le second suit le mouvement. La machinerie de l'enfance se met alors en marche, et elle produit un tapage invraisemblable, crache de la peinture, renverse tout sur son passage. Le week-end, le couloir devient une piste d'athlétisme, les coussins du salon volent, des cabanes surgissent partout dans l'appartement, les jeux de société sont éventrés les uns après les autres, il faut enjamber des rails de train pour accéder aux toilettes…

Là, rien.

Étienne a dû les emmener tourbillonner dehors.

J'ai soif. Très soif. Tout mon corps produit des bruits de gâteaux secs. Si je ne réagis pas, je vais tomber en poussière. La bonne nouvelle, c'est que rien ne se mettra entre le robinet et moi, ni une carte Pokémon (c'est Sasha qui me l'a échangée !) ni une petite main qui attrape et ne lâche plus (viiiiens voir ma fusée en Kapla !). Béni sois-tu, Étienne Gabison. Gloire à toi au plus haut des cieux.

Pour réaliser l'extraordinaire exploit de me lever, j'opère par paliers : sur les coudes d'abord, puis assise au bord du lit, et enfin – quand faut y aller, faut y aller – debout. J'attends quelques secondes, le temps que mes fluides internes se stabilisent, et j'attaque. Allez. Un pied devant l'autre. Et recommencer.

J'atteins l'évier de la cuisine sans avoir vomi. Première victoire. J'ai le cerveau à vif. Cette nuit, je me suis pourtant traînée jusqu'à la salle de bains pour chercher un Doliprane. Je me revois fouiller dans toutes les trousses de toilette, les pattes lourdes, le cœur au bord des lèvres. J'ai fini par me rabattre sur le Doliprane des garçons : des sachets de deux cents milligrammes que maman Vinasse a ouverts l'un après l'autre et versés en tremblant dans le verre à dents. Ça n'a pas suffi. Pourtant, je ne me souviens pas d'avoir beaucoup bu. Quelques vodkas, oui, d'accord, et du champagne, mais pas au point d'être dans cet état, si ? J'ai bien peur que ce soit un signe de vieillerie. À vingt ans, les effets de la cuite du vendredi se dissipaient avant la cuite du samedi. Aujourd'hui, l'alcool me montre du doigt pendant plusieurs jours, m'obligeant à baisser la tête. Bienvenue dans la quarantaine.

Depuis quand le monde est devenu si moderne ? Il ne se passe plus une semaine sans que je sois sidérée par quelque chose. Comme les petits morceaux de plastique blanc qui dépassent des oreilles des gens dans le métro. Quand a-t-on retiré les fils des écouteurs ? Et les affiches qui bougent dans les couloirs des stations ! Je sais bien qu'il s'agit d'écrans plats. Quand j'arrive chez quelqu'un, je ne m'effondre jamais d'étonnement sur son canapé (c'est ta télé, ça ?!). Mais quand même, des affiches qui bougent ! La première fois que j'en ai vu, c'était dans des films de science-fiction ! Je le sens bien, je ne suis plus tout à fait dans l'action, je deviens spectatrice. Je regarde passer la joyeuse farandole de la modernité. Un jour, je dirai « C'est incroyable ce que savent faire les jeunes », et ce sera fini pour moi, terminé, au rancard, lunettes et jupe en laine. La mutation est déjà en cours. La dernière fois que j'ai passé une nuit à l'hôtel, j'ai regretté de ne pas avoir pris mon oreiller.

Je remplis mon verre doseur et m'envoie dans les circuits un demi-litre d'eau du robinet. J'ouvre ensuite le tiroir sous la machine à café et choisis une capsule bleue (comme si je faisais la différence avec la capsule orange). Je l'insère, glisse un mug à fleurs dessous et attends que les voyants arrêtent de clignoter.

En relevant la tête, je me demande si la vie ne se foutrait pas un peu de ma gueule. Dans l'appartement d'en face, maman Modèle fait du yoga avec ses filles. Du yoga ? Sérieusement ? Relaxation et musique zen ? La posture de l'archer et tout le tintouin ? Mais moi, si je demande à mes garçons de faire la posture de l'archer, en deux secondes il y en a un qui fait la flèche, part en courant, escalade le canapé et va s'éclater contre la bibliothèque en faisant tomber tous mes E.T.

J'ai envie d'ouvrir la baie vitrée et de lui décrire en hurlant mon anniversaire-surprise… Mais qui fait ça ?

J'appuie sur le bouton « grande tasse » au moment où maman Modèle et ses mini-Modèle changent de position. Elles tournent lentement, écartent les bras et s'immobilisent sur une jambe. Des femmes-flamants roses. Effarant. Je suis sûre que cette morue repasse les lacets de ses filles.

27

Tassée au fond du canapé, mon MacBook Air sur les genoux, je cherche l'énergie pour aller rejoindre Étienne qui s'est effondré quelques minutes après les garçons. Toute la journée, il a assuré la permanence. Il a joué au Uno Extrême, au Scrabble Junior, au Mille Bornes Cars, il a fait réciter sa poésie à Joseph, a puni Lucien fermement, sans rien lâcher :

— Tu restes dans ta chambre, et tu réfléchis à la façon dont tu as parlé à ton frère.

À l'heure du dîner, il a même ébouillanté un pied de chou-fleur, et touillé une béchamel. Il n'y aurait eu que moi, ces enfants auraient passé l'après-midi à amortir notre abonnement Netflix en se nourrissant exclusivement de BN au chocolat. Où puise-t-il cette détermination ? Dans quelle réserve souterraine ? Son enfance ? Peut-être. Aujourd'hui encore, il joue aux cartes avec ses parents quand on va déjeuner chez eux. Je ne me souviens pas d'une seule fois où ma mère s'est assise dans ma chambre pour jouer au Docteur Maboul avec moi. J'y jouais (buzzz) toute seule (buzzz), elle n'intervenait que pour me demander de faire moins de bruit.

Étienne Gabison mérite une médaille civile pour services rendus à sa femme, à son foyer, à sa patrie.

Il faudrait que je me lève, mais la série de gestes que je dois accomplir avant d'aller me coucher me cloue au canapé. Me laver les dents. Passer un coton d'eau micellaire sur mon visage. Mettre ma crème de nuit. (Je suis comme ça, moi : confrontée à des situations inextricables.) Je reste là à divaguer… Il faut que je change ce fond d'écran. Je n'en peux plus de cette aurore boréale… Super, Étienne m'a mis la vidéo d'hier sur mon bureau… C'était génial cette fête… J'étais touchée que Loco soit venu de Limoges… Ma mère ne m'a toujours pas appelée. Cette fois, je vais la laisser s'enliser. J'en ai marre de lui prémâcher notre relation… Il faut absolument que je pense à répondre à Rinaldo… Tiens, il n'était pas là hier… À part lui, il y avait tout le monde… C'est quand même bizarre que personne n'ait de nouvelles de Stella, qu'elle ne soit jamais retournée à Limoges, qu'elle n'apparaisse pas sur les réseaux sociaux… Étienne a dû mal chercher… Je regarde le raccourci Internet en bas de mon écran, et mes joues se mettent à chauffer. Et si je la googlisais ? Si j'entrais *Stella Saintonge* dans la barre de recherche ? Je m'interdis de le faire depuis des années, mais qu'est-ce que je risque ? De découvrir qu'elle a une destinée environ deux cent mille fois plus exceptionnelle que la mienne (si tant est qu'on puisse parler de « destinée » pour décrire le petit sillon d'agent immobilier que je trace en banlieue) ? Et alors ? Je vis déjà avec cette idée. Je pourrais parfaitement regarder quelques photos, avec un peu de chance et de mauvaise foi, je lui trouverais des pattes-d'oie et des racines blanches. Elle ne va pas enjamber l'écran de mon ordinateur et se rouler par terre de rire dans mon salon (c'est ton quotidien, ça ? Ah ah, sacrée Pilar, moyenne un jour, moyenne toujours !). Il y a une énorme différence entre reprendre contact et faire quelques recherches innocentes, par simple curiosité, presque par devoir de mémoire. Hors de question que cette étoile qui brille loin, très loin dans la constellation de mon adolescence, redevienne un soleil. Ce n'est pas du tout le projet.

Je fais lentement glisser la flèche sur mon écran. Mon cœur se met à battre plus vite. Mon front devient moite. Un observateur extérieur pourrait penser que je m'apprête à taper *big dick* dans YouPorn. Je clique. La page d'accueil de Google s'ouvre docilement.

Allez. Une lettre devant l'autre.

28

Stella Saintonge n'est pas sur Internet. Je viens de passer plus d'une heure à la chercher et je n'ai rien trouvé. Rien. Rien de rien. Rien de rien de rien. Stella Saintonge n'est pas sur Internet. Comment peut-on s'approcher à ce point de la divinité et ne pas avoir de cyber-rayonnement ? C'est invraisemblable. La fille que j'ai connue devrait avoir une page Wikipédia, un @ sur Twitter, un #passionstella, des pages et des pages de résultats Google, une liste interminable de recherches associées (*Stella Saintonge âge, Stella Saintonge Instagram, Stella Saintonge vie privée*...). Elle devrait attirer les likes comme elle a toujours attiré les regards. Elle n'a même pas de compte Facebook avec une photo de profil et une seule publication (Je suis Charlie). Des Stella, j'en ai trouvé par paquets de douze évidemment, et un camping à Saint-Augustin-sur-Mer (*les côtes de Saintonge, toute la générosité de l'Atlantique entre La Palmyre et Royan*), et même une sainte Estelle qui a subi le martyre au IIIe siècle parce qu'elle refusait de renier sa foi (c'était une autre époque, moins portée sur la liberté d'expression). Mais pas de Stella Saintonge, née à Limoges, la quarantaine indécelable.

Elle a changé de nom, je ne vois que ça. Elle s'est mariée. À l'heure qu'il est, elle est aux commandes d'une vie extraordinaire sous le nom de son mari. Pas un Américain finalement, trop attendu, un Japonais plutôt, ou mieux, un Suédois. Je l'imagine bien dans un gros pull blanc, pelotonnée dans les bras d'un grand blond aux yeux bleus et à la mâchoire carrée. Ils boivent un grog sur leur canapé scandinave en admirant leurs deux têtes blondes jouer au Memory sur le parquet en bois clair de leur maison d'architecte. Stella Nyström ou Havsta, même si ça fait un peu « amie à retirer au libre-service du magasin, allée 12, emplacement 7 ».

Je retourne aux Stella Ouate et autres Stella Stella sur Facebook, mais c'est sans fin. Les photos de profil défilent sous mes yeux jusqu'à la nausée. Je crois la reconnaître sur une plage, mais en cliquant sur le nom, je tombe sur une blonde chevaline posant dans un maillot de bain d'une insondable vulgarité. Et sous les oreilles de Mickey, là ? Rien à voir. Et derrière les lunettes de soleil ? Houlàlà, non plus. Je me mets à cliquer sur des blondes au petit bonheur la chance, et finis par ouvrir la page de Stella Frizot parce qu'elle a mis E.T. en photo de profil. Je m'égare.

J'attaque le problème par la face nord : je cherche des informations sur ses parents. Leur joli petit hôtel des Émailleurs est en effet devenu un Radisson noté 9,5 sur TripAdvisor, avec une large majorité d'avis excellents, en dépit du fait que, comme l'a dénoncé Nath526 dans un commentaire ulcéré, *le chocolat au lait du petit déjeuner n'est que de la poudre de lait ou concentré, ce qui rend évidemment le résultat très médiocre*. Je fais un tour du côté des Pages Blanches, sans trop y croire. Qui a encore un fixe de nos jours ? Je tape le nom de ses parents. Rien non plus. Me revoilà dans l'impasse.

Il faudrait que j'aille me coucher, mais j'ai du mal à accepter qu'Internet me refuse quelque chose. J'ai envie de taper des pieds. Pourquoi me dit-il non ? Il ne me dit jamais non. La petite fille en moi croise les bras et fronce le nez. C'est *moi* qui décide. C'est *mon* ordinateur. Internet est à *mes* ordres. Je peux lui demander ce que *je* veux, quand *je* veux, et ça me donne l'illusion d'être surpuissante. Quand cette illusion s'évanouit, je me retrouve avachie sur mon canapé, un morceau de plastique posé sur les genoux.

Elle a changé de nom, c'est sûr, et après tout tant-pis-tant-mieux. Elle s'est mariée face à la mer Baltique, et elle a changé de nom. Je dois m'y faire. Stella appartient au passé.

29

Trois jours que cette idée me suit comme une mauvaise odeur. Stella ne peut pas avoir disparu comme ça. Elle a forcément laissé traîner un fil quelque part.

— Vous pensez qu'ils sont prêts à discuter le prix ?

Retour au studio de Montreuil. Père et fils sont suspendus à mes lèvres. Il se voit bien prendre son indépendance ici le fils, dans ces vingt-huit mètres carrés refaits à neuf, à quelques pas du métro Robespierre. Ligne 9. En quatre stations, il est à Nation. En dix, il boit des coups à République. Il a repéré un Franprix pour acheter ses bières et ses soupes chinoises, un Domino's Pizza, une laverie, et l'immeuble est raccordé à la fibre. Le paradis.

— Si vous faites une offre raisonnable, je pense que ça peut passer.

Je pense surtout que je vais réduire ma commission, comme d'habitude, pour que ce grand dadais puisse accéder au confort moderne : Internet en haut débit et Pepper Beef en pâte pan.

30

Ma mère m'appelle alors que je remonte en voiture la rue Sadi-Carnot. En voyant son nom s'afficher, je me gare sur une livraison. Quelques secondes, j'espère qu'elle appelle pour s'excuser d'avoir oublié mon anniversaire… Décidément, rien ne me sert de leçon.

— Pilar ?! Ah quand même ! Tu aurais pu m'appeler ! Tu as bien vu que j'étais en train d'oublier ton anniversaire ! Tu aurais pu me passer un petit coup de fil au lieu de prendre un malin plaisir à me mettre le nez dans le caca !

— Bonjour, maman.

— Je vais même te dire : vu ce que j'ai souffert le jour de ta naissance, c'est toi qui devrais m'appeler chaque année !

Parfois, je me demande pourquoi je descends rarement la voir, et parfois, je ne me le demande plus du tout.

— De toute façon, je ne sais pas pourquoi je m'étonne encore ! Tu n'appelles jamais, tu ne descends jamais !

Bah non, maman, parce qu'à chaque fois que je viens, dans les deux minutes qui suivent mon arrivée, j'apprends que j'ai grossi et qu'on ne va pas passer la soirée ensemble parce qu'un « ami » t'a invitée à dîner et que tu n'as pas osé dire non. C'est drôle comme avec moi tu oses.

Des mémés passent avec leur caddie, des nounous passent avec leur poussette triple, et j'écoute ma mère me parler de ses problèmes de toiture.

— Ta grand-mère ne m'a vraiment pas fait de cadeau en me laissant cette ruine !

Je ne lui dis pas ce que je pense (une ruine gratuite vaut mieux qu'un trou à rat payant). J'acquiesce. Je vais même jusqu'à compatir pour que ça ne s'éternise pas. Elle finit quand même par me poser des questions sur mon travail – sans écouter les réponses – et sur les garçons sans se tromper dans leur prénom (j'en éprouve une reconnaissance toxique). La conversation s'apprête donc à ressembler à toutes les autres jusqu'à ce qu'elle m'annonce qu'elle a une surprise pour moi.

— Une énorme surprise ! Est-ce que tu peux venir dîner demain ?

— Dîner demain… C'est-à-dire ? À Limoges ?

— Bah oui.

— Bah non. J'ai un boulot, une famille. (Au cas où tu l'aurais oublié.)

— Ok, ok. (Pas la peine de te vanter.) Tu peux venir quand ?

— Je sais pas. (Jamais.)

Normalement, je noie le poisson en disant que je vais en parler à Étienne, mais aujourd'hui, une idée germe dans ma tête et devient aussitôt un séquoia géant. Et si je profitais de ce week-end à Limoges pour poser des questions sur Stella ? Je pourrais passer au Ponticaud, au Buck, au Radisson, me renseigner l'air de rien.

— Écoute, maman, je pourrais peut-être venir ce week-end.

— Parfait ! Vendredi ?

— Non, plutôt samedi. Étienne s'occupe déjà des garçons toute…

— D'accord, d'accord, samedi. Pour le déjeuner ?

— Pour le dîner plutôt. En fin d'après-midi quoi.

— Ok. Tu me donneras l'heure exacte. Tu vas voir, c'est une énorme surprise !

Merde. Pourvu qu'elle n'ait pas commencé la chirurgie esthétique.

31

En regardant le paysage défiler à travers la vitre de l'Intercités, je prie toujours pour que ma mère ne m'accueille pas en soulevant son pull (alors ? Comment tu les trouves ?). Cela dit, je préférerais qu'elle ait touché à ses seins plutôt qu'à son visage. Pitié, qu'elle ne m'ouvre pas avec une tête de grande brûlée (tada ! Qu'est-ce que t'en dis ?! Je fais vingt ans de moins, non ?). Je n'ai aucune envie de passer le week-end à parler de sa peau qui pendouillait (je le voyais dans le regard des hommes, tu sais). Je n'ai aucune envie de faire semblant de trouver ça pas mal, alors que ça sera probablement catastrophique. Elle n'a pas les moyens de s'offrir les services d'un expert, elle se sera fait charcuter les tissus mous par le premier charlatan qui lui aura fait miroiter un remboursement Sécu. J'appréhende les « énormes surprises » de ma mère. Pour mes quatorze ans, elle m'a fait l'« énorme surprise » de déménager chez son nouveau moustachu, pendant qu'elle lui faisait, à lui, l'« énorme surprise » d'avoir une fille (elle s'appelle Pilar !).

Qu'est-ce que je fais dans ce train ? Je n'ai aucune envie de la voir. En plus, je me suis engueulée avec Étienne. Pas parce que je partais, non, parce que je ne lui posais aucune question sur son livre. Il faut dire que lorsqu'il m'a dit « Tu ne me poses aucune question sur mon livre ! » j'ai répondu : « Quel livre ? »

J'aurais dû être plus fine, commencer par dire « C'est faux », et chercher ensuite à comprendre de quel livre on parlait. Son livre de mots croisés, bien sûr. C'est vrai que je ne lui pose aucune question. J'identifie parfaitement la raison : je n'y crois pas. Quand Joseph me dit qu'il veut devenir astronaute, je lui réponds « Très bien, mon amour » et je lui tends sa brosse à dents. Je ne passe pas des heures à lui demander ce qu'il compte faire comme études, quel poste il rêve d'occuper exactement à la NASA, autour de quelle planète il se voit graviter... Je ne doute pas que ce livre sorte en librairie, mais qui va mettre dix-huit euros pour acheter des mots croisés ?

— Tu te trompes, les livres de Michel Laclos se vendent comme des petits pains, et de toute façon, ce n'est pas le problème.

Allons bon, et c'était quoi le problème ? Il a répondu à ma question par une autre question : est-ce que je l'avais déjà vu aussi excité par un projet ? Il a enchaîné en me parlant de la maison aux Lilas, eh bien il n'avait jamais douté que ce serait moi qui décrocherais la vente, même si Century 21 était aussi sur le coup.

— Et sois honnête, c'était un combat perdu d'avance, David contre Goliath.

J'en ai profité pour reprendre la main :

— David contre Goliath ? Je ne savais pas que je tenais une agence minuscule !

Amis de la mauvaise foi, merci de nous rejoindre. Ensuite, c'est parti en engueulade classique, pleine de « Je n'ai jamais dit ça » et « Ne joue pas sur les mots », puis ça a fini par « Ça te va des pâtes ? Je n'ai pas envie de cuisiner ». Mais la vérité, la vérité vraie, crue, grimaçante, c'est que je m'en fous de son livre. J'ai beau lutter de toutes mes forces, je m'en fous. C'est horrible. Je ressemble de plus en plus à ma mère. Contre ça aussi je lutte, mais autant fixer sévèrement ses cheveux dans la glace et leur interdire de blanchir. Je me fous de son livre. Je me fous de ses mots croisés. Et je me fous de la vie scolaire de mes enfants aussi. Certaines mamans annuleraient leur opération du cœur pour accompagner la sortie au zoo, pas moi. Certaines mamans sautent de joie en apprenant que l'école a fait l'acquisition d'un nouveau rétroprojecteur mobile, pas moi. Certaines mamans montent au créneau parce que les enfants attendent trop entre la petite et la grande garderie du soir, je ne savais même pas qu'il y avait une petite et une grande garderie. Je regarde passer le dépliant de la cantine comme s'il s'agissait d'un prospectus pour un restaurant indien. Est-ce que certains parents le décortiquent ? S'assurent que tous les menus sont parfaitement équilibrés ? Prennent soin de ne pas faire de doublon avec le repas du soir ? J'en ai froid dans le dos.

Ma mère non plus n'avait pas le profil « parent d'élève ». C'était plutôt le genre de femme à faire chuchoter les parents d'élèves devant l'école. J'espère que je n'en suis pas là.

32

Je tourne au coin de la rue Joseph-Mazabraud, le regard noir et la mâchoire serrée. Elle aurait pu venir me chercher, m'épargner ces vingt minutes à tirer ma valise dans l'indifférence générale. La fille du pays revient, et le pays s'en fout (hé, la Parisienne, tu crois peut-être qu'on t'a attendue ?). Ça m'aurait plu de voir ma mère agiter la main au bout du quai. J'aurais aimé reconnaître son plus joli manteau et constater qu'elle était passée chez le coiffeur. J'aurais peut-être aussitôt rebranché le câble entre mon cœur et mes souvenirs. C'est bizarre la famille. On n'arrive à bien la détester que lorsqu'on est loin. Quand on a le nez dessus, on est submergé par la tendresse. À chaque « maman » on retombe un peu plus en enfance. On se met à rire de détails qui n'appartiennent qu'à nous... Mais non. Alors que tout le monde s'embrassait autour de moi, comme si toute l'humanité s'était retrouvée à la gare de Limoges-Bénédictins, j'ai dû l'appeler.

— Ne t'inquiète pas, je suis à la maison, je t'attends.

— Ok… (Je ne m'inquiétais pas)… Bon, j'arrive…

— D'accord… Ça va ?

— Oui, oui…

— (Roh tu ne vas pas commencer à faire la tête.) À tout de suite.

— À tout de suite.

Suis-je la seule à passer sous silence l'essentiel de mes conversations avec ma mère ? L'idée de rebrousser chemin m'a traversé l'esprit. Retour à l'envoyeur. Mais je suis sortie de la gare en traînant ma valise, et j'ai levé la tête vers la « tour de l'horloge », comme je l'appelais quand j'étais petite. Une bouffée de fierté m'a envahie, comme si j'avais personnellement classé ce monument. Plus de doute, j'étais à Limoges. J'allais pouvoir retrouver la trace de Stella, et accessoirement demander un « pochon » pour ma « chocolatine » sans risquer de passer pour une dangereuse provinciale. J'ai pris la rampe des Bénédictins, puis l'avenue du Général-de-Gaulle. Le trottoir ocre rouge, les rails à gauche, les immeubles à droite, le Marigny où j'achetais mes Lucky Strike Light, le Lido où j'ai vu mon premier film en VO… Rien n'avait fondamentalement changé, et comme à chaque fois, j'en ai éprouvé un mélange d'étonnement (la vie continuerait donc sans moi ?) et de réconfort.

Je remonte seule et à pied la rue de ma mère.

À ma place, maman Modèle serait sûrement assise sur le siège passager d'une vieille Volkswagen Polo. Elle discuterait à bâtons rompus avec grand-mère Modèle (appelée « bonne-maman » par la foule en délire de ses petits-enfants). Elles rouleraient vers la cuisine pleine de paniers, vers la chambre bleue (ton père a hâte de te montrer son nouveau bricolage ! Je t'ai fait ton rôti de veau Orloff !). Leur week-end s'apprêterait à dégouliner d'amour et de fromage fondu.

Ça y est, je suis devant le petit pavillon de la rue Joseph-Mazabraud, la gloire des Mouclade. Il se dresse dans la famille depuis trois générations. Soixante mètres carrés sur deux niveaux et un jardin (un parc) de quarante mètres carrés. Mon arrière-grand-mère l'avait hérité de sa marraine, et depuis on en parle comme du château de Chambord. Il faut dire qu'il nous a fait basculer du statut de demandeurs d'allocations à celui de propriétaires. Ma mère l'a repeint à la mort de mamita, a accroché dans le salon sa gravure de Trémois, et n'a plus jamais parlé de faire le tour du monde.

J'ai l'impression de ne pas venir d'une famille, mais d'une chaîne de montage. Pour les Mouclade, la vie ressemble à une pièce sur un tapis d'usine. Clac, fille mère, clac, job alimentaire, clac, homme porté sur la boisson, clac, retraite dans le pavillon de la rue Joseph-Mazabraud. Elles ont toutes scrupuleusement suivi les mêmes étapes… sauf moi. Parfois, j'ai peur que ça me rattrape (hop hop hop elle n'a rien à faire là cette pièce ?).

En haut des trois marches en béton lézardées, la porte s'ouvre, et ma mère apparaît dans une robe-pull que je ne lui connais pas.

— Alors ? Tu ne sonnes pas ?

— Si, si… C'est juste que je…

Une, deux, trois marches. Une, deux, trois bises. Son visage est toujours aussi joliment ridé, patiné, naturel. Pas de chirurgie esthétique. La surprise est donc ailleurs.

— Finis d'entrer, finis d'entrer ! Ton voyage s'est bien passé ?

— Très bien, oui, parfait.

— Attends, je te prends ta valise. On va la laisser sous l'escalier, ça ne t'ennuie pas ? Si tu l'ouvres au milieu du salon, on ne va plus pouvoir circuler. Je t'ai descendu des draps pour le canapé. Tu me diras si ça te va. Les draps, c'est des draps, mais bon, peut-être que tu vas trouver l'oreiller un peu dur. Dans ce cas, j'en ai un autre quelque part, il faut juste que je remette la main dessus.

Un oreiller ? En général, elle m'invite à me « démerder avec les coussins du canapé » !

— Tu as soif ? Tu dois avoir soif. Je t'ai pris du Coca sans sucre.

— C'est gentil… Merci…

Qu'est-ce que c'est que ce recoin de tomettes rouges sous les marches ? Où sont passés les paires de bottes craquelées et les chaussons avachis ? Je relève le nez et note que l'air et la lumière circulent mieux dans la maison. Quelqu'un a livré une guerre sans merci contre les objets ici. Il y a eu de grands bruits de sacs-poubelle. Des bibelots ont été exécutés d'une balle dans la nuque.

— Maman ?

— Oui ?

J'entre dans la cuisine alors qu'elle décapsule ma canette.

— Tu as fait du rangement ?

— *On* a fait du rangement.

— On ? C'est qui on ?

Ses yeux se mettent à briller.

— Ma surprise et moi.

Elle fait un petit mouvement de tête vers le jardin. Je pivote. À travers la porte-fenêtre du salon, je découvre sa « surprise » qui fume une cigarette en me regardant. D'accord... Je comprends mieux... Un nouvel homme est entré dans sa vie. Notre week-end mère-fille vient de voler en éclats. Tu parles d'une surprise. Il a beau ne pas avoir de moustache, le concept reste le même. Je lui fais un petit bonjour de la main qu'il me rend maladroitement. J'ai envie de rire. Ne te mets pas la pression, mon vieux, si tu savais combien j'en ai vu défiler. Je suis rompue à l'exercice. J'ai appris à ne plus en faire une affaire personnelle. Je vais sourire à tes blagues, faire semblant de ne pas voir que tu bois trop, et te quitter en te disant « À la prochaine fois » alors qu'il n'y en aura probablement pas. En attendant, ma mère espère encore me surprendre en me présentant...

— C'est ton père.

— ...

— C'est ton père. C'est Serge. C'est ton père, ton vrai père.

— ...

— Bah dis quelque chose.

— ...

— Tu n'es pas contente de le rencontrer ?

— ...

— C'est ton père. C'est dingue, non ? C'est lui qui m'a retrouvée, mais viens, viens, je vais te le présenter.

Elle me tend ma canette que je prends avec une main de Playmobil. Elle passe devant moi. C'est ton père c'est ton père c'est Serge c'est ton père ton vrai père bah dis quelque chose tu n'es pas contente de le rencontrer c'est ton père c'est Serge c'est ton père ton vrai père... J'explose, j'embouteille, je sonne creux... Ce grand type dégarni avec des sourcils en accent circonflexe, c'est mon père ? Non, ça ne peut pas être mon père. C'est un inconnu avec une bouche lippue, flasque, une bouche de vieux. Ça ne peut pas être mon père. Ses joues sombrent dans son cou. Il est mou et ridé. Mon père n'est pas vieux. Mon père danse. Mon père séduit les filles au Calypso Club Limoges, et puis il disparaît. Cet homme ne peut pas disparaître. Il doit mettre un temps infini à lacer ses chaussures, et se redresser en se tenant le dos. Comment pourrait-il disparaître ? Ma mère ouvre la porte-fenêtre et lui dit quelque chose que je n'entends pas. Il écrase sa cigarette dans un pot de yaourt en verre. Consciencieusement. Ça dure. Il contourne la table de jardin, et entre dans le salon. Mon cœur s'arrête. Il est grand, je suis petite. Il a les yeux bleu délavé, j'ai les yeux marron. Ce n'est pas mon père. Son sourire me dégoûte. Je ne connais pas ce monsieur. Ce n'est pas mon père.

— Bonjour, Pilar.

— ...

— Ça me fait drôle de te rencontrer.

— Oui.

Oui ? Pourquoi oui ? Quel rapport ? Pourquoi je n'ai pas rebondi sur ce « drôle » ? C'est drôle ? Qu'est-ce qui est drôle ?

— Ça va ? Tu as fait un bon voyage ?

Je lève l'index vers l'étage, la salle de bains, et m'aperçois que je tremble. Il regarde ma main. Je regarde ma main et agrippe la bretelle de mon sac à dos pour qu'elle se tienne tranquille.

— Je vais faire pipi.

Je me retourne et me liquéfie de honte. Quarante ans pour me préparer et voilà le résultat. Je pose ma canette sur la console près du vide-poche en osier, et monte les marches, raide, le dos droit, en me tenant à la rampe en bois vernis. « Je vais faire pipi » ? Sérieusement ? À un des moments les plus importants de ma vie ? Mademoiselle Pilar Mouclade, acceptez-vous de prendre pour époux… Je vais faire pipi. Souhaitez-vous dire quelques mots pour accompagner votre défunte mère dans… Je vais faire pipi. Je n'entends plus rien dans mon dos. Il doit être en train de dévisager ma mère (je ne comprends pas ? Tu ne lui as rien dit ?). Bienvenue dans ma vie, Serge, mon père mon vrai père.

33

Je ferme le loquet de la salle de bains, me mets à genoux, et plaque mes mains contre le carrelage irisé. Je ne sais pas pourquoi je fais ça. Mes jambes ne se dérobent pas. Je ne vais pas tomber dans les pommes. Au contraire, je suis étrangement calme à l'intérieur, étrangement dégagée, comme si mon cerveau ne produisait plus aucune pensée parasite. Je crois que si je m'agenouille, c'est pour toucher le sol, être en contact avec quelque chose de solide. Mon père est en bas. Il porte un gilet gris en polaire sur une chemise à carreaux blancs et bleus. Mon père est en bas. Il a des lobes d'oreilles énormes. Il doit être en train de discuter à voix basse avec ma mère. Mon père est en bas, et pourtant mon absence de père reste béante. Je n'arrive pas à superposer les deux informations, faire entrer le cube dans le carré. Je m'étais toujours figuré qu'il suffirait que je rencontre mon père pour avoir un père. Pas du tout. C'est comme si on me tendait une clé à molette et qu'on me disait « Tiens, pour ton déjeuner ».

Étienne. Il faut que je parle à Étienne. Je fais basculer mon sac que j'ai encore sur le dos comme une tortue. J'ouvre la poche avant, attrape mon portable et l'appelle. Il décroche tout de suite (il décroche toujours tout de suite, c'est une différence majeure entre lui et moi).

— C'est maman, les garçons ! On cherche le DVD de *Zootopie*. Il n'est pas dans son boîtier. Tu ne sais pas où il est par hasard ?

— Non.

— Ça va ?

— Non.

— Qu'est-ce qu'il y a ?

— ...

— Pilar, qu'est-ce qu'il y a ?

— Mon père est là.

— Quoi ?

— Mon père est là.

— Je ne comprends pas.

— Mon père, mon père biologique, il est là.

— Ah bon ? Mais... où ?

— Chez ma mère.

— Comment... mais... C'est pas vrai ?

— Si.

— Et t'es où, toi ?

— En haut, dans la salle de bains.

— D'accord... d'accord... Il est comment ?

— Vieux.

— C'est ta mère qui l'a retrouvé ?

— Je sais pas.

— Il habite à Limoges ?

— Je sais pas.

— Mais vous vous êtes parlé ?

— Oui. Non. Un peu. Je lui ai dit que j'avais envie de faire pipi.

— ... C'est-à-dire ?

— Je lui ai dit que j'avais envie de faire pipi et je suis montée.

— D'accord...

— C'est horrible, je sais.

— Mais non, on s'en fout.

— Attends...

Il y a une deuxième brosse à dents dans le verre à fleurs ! Et un tube de Fixodent !

— Oh non...

— Quoi ?

— Je crois qu'ils sont ensemble. Je veux dire vraiment.

— C'est-à-dire ?

— Je crois qu'il habite ici.

Une deuxième serviette sur le radiateur. Une bouteille de shampoing antipelliculaire dans la douche. Sur le rebord du lavabo, une petite tondeuse nez-oreilles. Non seulement il habite ici, mais il n'en est même plus à cacher sa tondeuse nez-oreilles, cet objet obscène qui prouve qu'il est passé du côté broussailleux de l'existence. Des poils blancs poussent partout sur son visage, comme de la mauvaise herbe dans un jardin abandonné. C'est affreux. Ce n'est pas mon père. Mon père n'a pas de prothèse dentaire, de pellicules ni de poils blancs qui prolifèrent comme du chiendent. Mon père a une crinière noire comme on faisait dans les années 1970. Il glisse d'une aventure à l'autre en se remettant un coup de peigne. Mon père est un aventurier, pas un retraité qui porte des gilets Quechua.

— C'est un cauchemar.

— Quoi ? Qu'est-ce qu'il y a ?

— Il vit ici.

— T'es sûre ?

— Sûre.

Ma mère a retrouvé le père de sa fille, elle ne va pas s'arrêter au fait qu'elle ne l'a connu que quelques heures il y a quarante ans. C'est l'homme de sa vie, c'est évident. Pourquoi attendre avant de faire le grand saut ? Dehors les vieux bibelots, faites de la place pour le Fixodent. Serge est de retour, alléluia.

— Il faut que je redescende.

— Tu veux que je vienne ?

— Non...

— Le temps de déposer les garçons chez mes parents, je suis là dans cinq heures.

— C'est gentil, mais... Ça va aller.

— Vraiment ?

— Oui.

— Tu... JE PARLE AVEC MAMAN, LÀ ! Regardez autre chose ! *Dory*, tiens ! Vous ne l'avez pas vu depuis longtemps *Dory* !

— Je te rappelle, Étienne.

— Je t'aime.

— Moi aussi.

— C'est peut-être une super nouvelle.

— Bisous.

— Bisous, mon amour.

Je raccroche et, d'une main molle, j'ouvre le tiroir sous le lavabo. Lames de rasoir, baume après-rasage, médicaments génériques... Il est partout. Plus de doute possible, j'aurais dû le voir venir comme un coup de poing dans la gueule : ils sont « en couple ». Je me dévisage dans le miroir de mon enfance. Mamita me soulevait pour que je crache mon dentifrice dans ce lavabo, les soirs où je dormais chez elle pour que maman puisse sortir. J'étais alors une petite fille sans papa qui observait tous les hommes dans la rue (et si c'était lui ? Ou lui ? Ou lui ?). À l'époque, j'aurais donné toutes mes peluches, ma collection de fèves et même ma dictée magique pour avoir un père, comme Stéphanie Clément, comme Virginie Letourneur, mais aujourd'hui ? Est-ce que ça a encore du sens ? Mon absence de père ne me définit plus. J'ai cicatrisé. Je n'en parle même plus aux gens que je rencontre. Il arrive trop tard. Il ne peut plus préparer un jeu de piste pour mon anniversaire ou m'emmener au collège à moto. Il débarque au moment où les parents deviennent un devoir, une inquiétude. J'ai fait ma vie. Sans lui.

34

En redescendant, je les surprends en train de s'embrasser. Ils sursautent et se séparent comme deux adolescents pris en faute. C'est plus fort que moi, ça m'agace. Si ce grand type flasque est mon père, il devrait avoir au moins l'élégance d'être bouleversé par notre rencontre. Au lieu de ça, j'ai l'impression de déranger. Ma mère se tortille en souriant bêtement. Qu'est-ce qu'elle fait là ? Qu'ont-ils vécu qui justifie qu'elle assiste à *notre* grande scène ? Une aventure d'un soir au Calypso Club Limoges ? Leur histoire – si on peut parler d'« histoire » – est d'une affligeante banalité, alors que la nôtre est basée sur un événement extraordinaire, historique : ma naissance. Voir ma mère entre nous deux, c'est comme imaginer la boulangère sur mon portrait de mariage.

— Ça va mieux ?

Je me garde bien de lui répondre (oh oui, pfiou, j'ai pissé mon bol, j'vous dis pas comme ça soulage).

— Tu sais, Pilar, je me mets à ta place. Ça doit être… (Il ne trouve pas le mot.) Pour moi, c'est différent. Jusqu'à il y a encore pas longtemps, je ne savais même pas que tu existais.

Pas longtemps ? C'est-à-dire ? Combien de temps exactement ?

— Bah dis quelque chose, Pilar !

Ma mère perd patience. Elle a dû lui vendre une rencontre beaucoup plus émouvante.

— Qu'est-ce que tu veux que je dise ?

— Je ne sais pas. Quelque chose.

— « Quelque chose ». (Ok. J'ai quinze ans.)

— Roh, ne sois pas ridicule.

— Nan, mais... Quoi ? Je ne sais pas quoi vous dire. Moi aussi ça me fait drôle de vous rencontrer.

— Tu peux me tutoyer, tu sais.

J'ai imaginé notre rencontre des milliers de fois. Certains comptent les moutons pour s'endormir, moi je rencontrais mon père. Il m'attendait à la sortie du collège, puis du lycée. J'étais troublée de le rencontrer bien sûr, mais je m'émotionnais avec élégance. J'étais le genre d'héroïne à dire « Le danger est réel, mais la peur est un choix », ou à allumer sa cigarette sur le poêle de Landru (ça chauffe bien, dites-moi). Quand il s'approchait de moi, et me demandait d'une voix mal assurée « Comment vas-tu ? », j'étais parfaitement capable de lui répondre « Comment je vais ? Mais (mon grand), elle a seize ans de retard ta question ». Apparemment, j'aurais dû m'entraîner avec plus de rigueur.

35

Allongée dans le canapé-lit du salon, je n'arrive pas à dormir. L'oreiller est définitivement trop dur. Je suspecte la personne qui l'a conçu d'avoir commencé par vouloir faire un parpaing. Cela dit, si je n'arrive pas à dormir, ça n'a pas grand-chose à voir avec mon oreiller (tout comme la petite brise qui soufflait sur Hiroshima le 6 août 1945 n'a pas grand-chose à voir avec les cent quarante mille morts). Je passe et repasse les dernières heures dans ma tête : les phrases que... mon père a prononcées, celles que j'ai réussi à articuler, ou encore le moment où je lui ai montré des photos de Joseph et Lucien. Il a pointé Lucien du doigt.

— Il a les yeux de mon père. C'est... incroyable.

J'ai senti qu'il flanchait, pour la première fois. Comme s'il avait besoin d'une preuve pour croire à cette histoire de paternité spontanée. Pendant toute la soirée, je l'ai étudié du coin de l'œil, lui trouvant toujours plus de poils et de rides. Il a beaucoup parlé. J'ai appris qu'il s'appelait Serge Repoux (Pilar Repoux, je suis maudite). Il ne s'est jamais marié, et n'a pas eu d'enfants...

« enfin, pas d'autres enfants », a-t-il rectifié en se raclant la gorge. Il a grandi à Cahors, et a fait son service militaire la même année que Johnny Hallyday (j'ai trouvé cette précision un peu inquiétante). Ensuite, pendant toute sa carrière, il a sillonné la région avec du matériel d'endoscopie industrielle dans le coffre de sa voiture. Si j'ai bien compris, il vendait des petites caméras pour aller regarder dans les moteurs. Voilà à quoi il a voué sa vie. Voilà ce que j'aurais dû écrire sur mes fiches de renseignements à l'école en face de *profession du père*. Fils unique, il a perdu ses deux parents. En d'autres termes, c'est une île, comme ma mère et moi. Moi qui rêvais des réveillons dans la famille de mon père, pleins de cadeaux colorés et de cousins-cousines de mon âge. En réalité, il devait être le seul de sa boîte à bosser le 25 décembre. C'est lui qui a envoyé un message à ma mère sur Facebook.

— Michelle Mouclade, un nom comme ça, ça ne s'oublie pas…

Baissant les yeux :

— Une femme comme ça non plus d'ailleurs.

Eurk.

Ma mère aussi a beaucoup parlé. Je dis « ma mère », mais était-ce bien ma mère cette femme rayonnante ? Quoi qu'elle fasse, quoi qu'elle dise, c'était comme si elle tournait sur elle-même, les bras tendus, des arcs-en-ciel jaillissant de ses doigts. Je ne l'ai jamais vue aussi heureuse, ni aussi attentionnée. C'est comme si l'amour qu'elle portait à… mon père (je vais y arriver) multipliait son amour pour moi. C'est ça la famille ? Des amours qui rebondissent moelleusement ? Qui se nourrissent les uns les autres ? Quand elle s'est mise à raconter notre vie, j'ai penché la tête sur le côté. Je reconnaissais les lieux, je resituais les faits, mais c'est comme si la caméra avait changé d'angle. On ne parle jamais du passé ensemble. Jamais. On a d'ailleurs pris l'habitude de ne parler de rien, avec beaucoup de détails. Quand mon père m'a dit « Tu as de la chance d'avoir eu une mère qui s'est toujours battue pour que tu ne manques de rien », j'ai hoché la tête, mais pour être franche, je trouvais cette version très édulcorée... Non ? Si ? J'étais troublée. Était-ce possible que toutes ces années je me sois trompée sur ma mère ? J'ai senti la faute changer de camp, et la culpabilité s'est mise à refluer. Était-ce vrai qu'elle ne pouvait rien me dire ? Que quoi qu'elle fasse je lui faisais payer le péché originel de m'avoir fait naître sans père ?

Aujourd'hui, j'ai aussi appris que le jour où on rencontre son père, on n'est pas dispensé des tâches domestiques. Si on veut manger des carottes râpées en entrée, à un moment, on est obligé de râper des carottes. Elles ne se râpent pas toutes seules (allez, les filles, on va pas les emmerder avec ça aujourd'hui). La vie continue, toujours, quelle que soit la force de la déflagration. On a donc râpé des carottes. On a mis le couvert. Serge a cassé le bouchon dans la bouteille de vin. On a parlé de la météo, longuement. On a mangé des crèmes caramel industrielles en dessert. Je me suis brûlé les lèvres avec ma tisane « nuit paisible ». La vie ne s'est pas arrêtée, ni à Limoges ni à Romainville. Étienne a essayé de m'appeler plusieurs fois, mais mon téléphone gisait au fond de mon sac, déchargé. Les garçons voulaient m'embrasser, et il n'aurait pas été contre des nouvelles. Il a fini par m'envoyer un texto sans smiley en se couchant. Je l'ai trouvé en rebranchant mon téléphone dans la pénombre du salon. Je me suis empressée de lui répondre que tout allait bien, que je le rappellerais demain, dès que je serais seule, smiley bisou cœur, smiley bisou cœur, smiley bisou cœur (ils ne seraient pas trop de trois). C'était il y a plus d'une heure, et il ne m'a rien renvoyé. J'en conclus qu'il dort… lui.

Je me redresse et écrase mon oreiller pour essayer de le ramollir. Rien à faire, il… Tout à coup, je tends l'oreille.

…

C'est quoi ces petits bruits ?

…

C'est bizarre, c'est aigu… régulier… très régulier… de plus en plus régulier.

…

Non.

…

NON !

…

Des grincements de ressorts ?! Je fixe furieusement l'obscurité, le menton dressé vers l'étage. Ils ne peuvent pas me faire ça ! Ils ne… J'entends un bruit plus rauque ! Un râle ! Mes tympans ont un haut-le-cœur. Je bondis du canapé, me rue à tâtons vers le fauteuil, et me rhabille à la vitesse du photon. Ce n'est pas possible, ce n'est pas possible, ça ne leur a pas suffi tout à l'heure dans la salle de bains ? Ce pitoyable échange de « Bonne nuit » en pyjama ? Il faut qu'ils m'imposent ça ! Qu'ils me prennent en otage ! UNE nuit ! Je suis là UNE nuit ! Comment font les parents qui restent discrets pendant vingt ans ? J'ai des parents nuls, NULS ! Je boutonne mon jean, enfile mes Converse sans les lacer, attrape mon sac à dos, ma veste, prends un double de clé dans le vide-poche, et ouvre la porte le plus discrètement possible. J'ai peur de les déranger. On croit rêver. Ils mériteraient que je la claque, cette porte, mais ça les ferait sûrement glousser.

36

Je marche droit devant moi. Je marche et je bouillonne. Je bouillonne, je bouillonne, je bouillonne. Pour la première fois de ma vie, je peux m'offrir le luxe de critiquer *mes* parents et je m'en donne à cœur joie. Ils sont nuls, égoïstes, ils me font honte ! (Ce week-end ressemble de plus en plus à un stage accéléré « Œdipe et crise d'adolescence ».)

Qu'est-ce que je fais ? Soit je tourne autour du pâté de maisons en me demandant combien de temps dure en moyenne un rapport sexuel après soixante-dix ans, soit j'en profite pour mener mon enquête sur Stella. Pour des raisons évidentes d'équilibre mental, je mets le cap vers l'hôtel que tenaient ses parents, en espérant qu'il y a une permanence de nuit. J'aurai plus de chances de trouver des indices en questionnant la réceptionniste que les barmen de la rue de la Soif. Stella va avoir quarante ans en août. Je pense – j'espère – qu'elle n'en est plus à descendre des verres jusqu'à vomir dans les poubelles.

37

Je pousse la porte et constate que l'hôtel n'a plus rien à voir. Le petit palace vieillot tout en faux marbre et tissus à fleurs a laissé place à un lieu ostensiblement contemporain, peinture mate et canapés inconfortables. Je contourne une sculpture de panthère laquée et me dirige vers la réceptionniste qui, à un moment de sa courte existence, a déjà dû remporter un titre de Miss Camping.

Elle m'accueille avec un déplorable :

— Bonsoir, madame.

Je ne m'y ferai jamais.

— Bonsoir, je...

Mon regard tombe sur un objet métallique posé sur le comptoir, et j'ai du mal à finir ma phrase. Elle s'illumine.

— Vous savez ce que c'est ?

— Hein ?

— Vous savez ce que c'est ?

Elle me montre les deux grosses pinces reliées par une chaîne.

— On vient de le retrouver dans une chambre, et j'aimerais bien savoir ce que c'est avant d'appeler les clients qui l'ont laissé.

— Je…

Ce sont des pinces à seins. Des tenailles à tétons. Voilà. Je ne sais pas comment dire ça autrement. C'est fait pour s'agripper sauvagement à une poitrine et serrer jusqu'à ce qu'orgasme s'ensuive. Non pas qu'Étienne et moi soyons portés sur le SM, mais j'en ai déjà vu dans les vitrines des sex-shops à Pigalle. Maintenant, la question est : peut-on avouer qu'on sait à quoi ressemblent des pinces à seins ? Personnellement, si je montrais à un homme un genre de toute petite cuillère et qu'il me disait « Ah bah oui, très bien, c'est fait pour retirer les yeux des bébés », j'aurais du mal à ne pas l'imaginer dans la scène.

— Non, je… Pardon, mais je ne vois pas du tout ce que c'est.

— Bon. Je vais les appeler.

— Heu, renseignez-vous quand même. On ne sait jamais. C'est peut-être… « gênant ».

Je charge le mot en guillemets. Je l'accompagne même d'une petite grimace. Les joues de la réceptionniste se mettent à rougir comme des plaques à induction. Elle n'y avait pas pensé. Elle jette un œil à l'objet avec un mélange de dégoût et de fascination (un sex-toy, ça ? Ce truc en métal glacé, avec des pinces médicales et une grosse chaîne de portefeuille ?). Elle le fait glisser sous le comptoir, et tente de toutes ses forces de reprendre le cours normal des choses.

— Qu'est-ce que je peux faire pour vous ?

Sa voix est haut perchée, preuve qu'elle est encore parasitée par des images de personnes nues accrochées par la langue.

— En fait, je cherche des renseignements sur les anciens propriétaires.

— Les anciens propriétaires ?

— Oui. M. et Mme Saintonge. Ce sont eux qui tenaient l'hôtel avant.

— Ah d'accord. Le problème, c'est que c'est ma première semaine ici, donc il faudrait demander à Mme Gautier.

— Mme Gautier ?

— C'est la gérante.

— Très bien. Et elle n'est pas là, par hasard ?

— Non, elle dort. Enfin, elle est chez elle, je ne sais pas si elle dort.

Elle laisse échapper un rire qui la fait dégringoler de quelques échelons dans mon estime.

— Ok. En fait, je voudrais juste savoir s'ils ont laissé une adresse ou un numéro de téléphone.

— Peut-être. Il faudrait demander à Mme Gautier.

— Oui, j'ai bien compris, mais vous pensez que vous pourriez lui demander, vous ?

— Moi ?!

C'est comme si je lui avais demandé de se mettre à quatre pattes.

— Heu oui.

— Que je demande à Mme Gautier ?

— Oui.

— Mais quoi exactement ?

— Si les anciens propriétaires ont laissé une adresse ou un numéro. Je cherche à les joindre.

— Aaaah ! Vous cherchez à les joindre !

Quand on demande le numéro de quelqu'un, c'est en général pour le joindre, pas pour noter son 06 sur un papier et prendre un malin plaisir ensuite à le brûler (ah ah, il n'entendra jamais parler de moi, cette ordure !).

— Si je vous laisse mon portable, vous pourriez m'envoyer les informations par texto ?

— Votre portable... ?

— Mon numéro de portable.

— Aaaah ! J'ai cru que vous vouliez me laisser votre téléphone.

— Non. Pourquoi je ferais ça ?

— C'est sûr ! Oui, oui, évidemment, laissez-moi votre numéro !

Je prends le bloc à en-tête qu'elle me tend, et note précisément ce que je cherche à savoir. Quand elle va apprendre ce qui pendouille de chaque côté de la chaîne, l'information va exploser dans son cerveau, et je doute qu'il lui reste grand-chose de notre conversation. Miss Camping retourne le bloc et lit consciencieusement chaque mot. Elle hoche la tête comme si elle découvrait le sens caché de tout ce qu'on vient de se dire.

38

Je suis rentrée sur la pointe des pieds. Au moindre couinement, j'étais prête à faire demi-tour, mais le silence a passé son grand bras autour de mes épaules (c'est bon, c'est fini, tu peux aller te recoucher). Je me suis remise en pyjama, et me suis allongée, la tête posée (ploc) sur l'oreiller en plumes de gargouille. C'était il y a une heure. Impossible de trouver le sommeil depuis. Mon père, ma mère, Stella, Miss Camping… Tous les sujets de la journée tournent en boucle dans ma tête comme des vêtements dans le hublot d'une machine à laver… Flouch mon père : c'est dingue, c'est fou, je connais mon père, je vais me réveiller demain et petit-déjeuner avec mon père, et pourtant la vie continue, l'endoscopie industrielle c'est pas très sexy ça, il faudrait que je me renseigne, ça doit être comme une coloscopie mais pour les voitures, au moins j'aurai évité d'entendre cette blague toute ma scolarité… Flouch ma mère : quand même, elle exagère, elle aurait pu me prévenir, me préparer, ça m'a émue qu'elle se souvienne de l'année où je m'étais cassé la jambe, j'étais contente de parler de Stella avec quelqu'un… Flouch Stella : j'aurais dû passer au Buck, si ça se trouve c'est toujours Jeff qui tient la porte, non, il aurait quel âge ? À chaque fois qu'on arrivait au Buck avec Stella, il lançait « Voilà la plus belle ! ». J'essayais de le prendre pour moi… Et tout à coup, flouch Alban ! Mon premier amour, l'homme que Stella a osé chevaucher. J'ai pensé à lui en longeant la cathédrale sur le chemin du retour. On se donnait souvent rendez-vous sur le parvis. Je le revois assis sur sa pétrolette, en train de fumer une de ses Benson & Hedges qu'il sortait de ses paquets dorés. Je revois sa silhouette longiligne, son grand nez et son épaisse tignasse noire qu'il coiffait en arrière avec une cire dont j'adorais l'odeur. Je revois ses poèmes magnifiques, son écriture brutale, sans concession. Au lycée, il y avait les bavards, les marrants, les prêts-à-tout pour attirer l'attention des filles, et il y avait Alban, à prendre ou à laisser. Il était tout pour moi. Quand le père n'est pas là pour faire un peu écran, le premier amour est un carnage. Il doit se souvenir de Stella, lui (et pour cause). Peut-être même qu'ils ont gardé contact.

C'est vrai ça, peut-être qu'ils ont gardé contact.

…

Je me penche pour attraper mon portable et cherche Alban Montaigne sur Facebook. Je n'ai pas de mal à le trouver. Je connais le chemin.

39

Je n'en reviens pas de lui avoir envoyé un message. J'hésite à le supprimer, mais ce serait pire. Si Alban ouvre Messenger demain matin et qu'il voit *Pilar Mouclade a supprimé un message*, il va croire que je lui ai envoyé une déclaration avinée en plein milieu de la nuit. Alors que non, bien sûr, Étienne peut dormir tranquille. Je lui ai envoyé un mot tout ce qu'il y a de plus platonique. J'ai tourné sept fois mon index au-dessus du clavier, et j'ai fini par écrire *Coucou Alban !* (J'ai longuement hésité entre *coucou*, *hello* et *salut*.) *Je me permets de t'envoyer ce petit message parce que je suis à Limoges pour le week-end et je cherche à avoir des nouvelles de Stella. Tu en aurais par hasard ? J'espère que tu vas bien. Bises.* (J'ai longuement hésité entre *bises, bisous, bizzz.*) *Pilar.* Je regrette d'avoir signé. Ça fait vraiment vieille dame. Mon prénom va s'inscrire en haut de l'écran. Autant carrément finir par *Je te précise que c'est bien moi, Pilar. Personne n'a piraté mon compte pour reprendre contact avec toi. Non, non, c'est bien moi qui ai fait cette connerie, en te demandant des nouvelles de Stella en plus, ma meilleure amie avec qui tu as couché. À chaque coup de reins, tu me brisais le cœur, mais ça n'a pas eu l'air de te déranger à l'époque. Sinon, ça va, toi ? Pilar.*

J'entends un bruit en haut et tends l'oreille. Que ce soit bien clair, s'ils remettent ça, j'appelle la police. Le silence cicatrise. Il devait s'agir d'un bruit de vieux monsieur qui ronfle, pète ou s'étouffe. Je reviens à mon message, et l'instant d'après…

UNE BULLE APPARAÎT DESSOUS !

Mes pupilles se dilatent, mon rythme cardiaque augmente, ma respiration s'accélère. Trois petits points ondulent ! Il me répond ! Il est 1 h 12, et il me répond ! Je me redresse dans l'obscurité, les yeux rivés sur le rectangle lumineux que je tiens dans la main. Dans quelques secondes, je vais lire des mots qu'Alban vient d'écrire, le Alban d'aujourd'hui, le Alban qui a quarante et un ans, deux enfants, et une femme qui le colle sur sa photo de profil.

LA BULLE DISPARAÎT ?!

Mon cœur s'arrête. Qu'est-ce qui se passe ? Il ne me répond plus ? A-t-il imaginé le pire (*Pilar 2, Le Retour de l'ex*) ? A-t-il préféré ne pas remettre les doigts dans l'engrenage ? Mais quel engrenage ? À l'instant où il m'a quittée, je suis sortie de sa vie. Je ne l'ai jamais harcelé. Je n'ai même pas exigé de le revoir un an plus tard pour la traditionnelle explication. Je n'ai pas été aux mariages où il était invité. J'ai évité les endroits où il avait l'habitude de sor… Plop, sa réponse apparaît !

Hé ! Salut Pilar ! Content de te lire ! T'as le temps de passer boire un café à la maison ? Genre demain matin ?

...

Qu'est-ce que c'est que ce ton ? Une seconde, je me demande s'il ne connaît pas une autre Pilar... mais qui connaît une autre Pilar ? Il m'aurait envoyé un GIF de singe qui joue de la guitare, ça m'aurait fait le même effet. Ça fait vingt ans qu'on ne s'est pas parlé. Vingt ans. Et il m'invite à boire un café avec sa femme et ses enfants ?! Pourquoi pas un match de rugby sur son nouvel écran plat (oublie pas les binouzes, copine) ? Et où est passée son écriture brutale et sans concession ?

Je réalise que je n'ai pas le temps de tergiverser, le compte à rebours est lancé. Chaque seconde qui passe engraisse l'idée que je me prends la tête pour lui répondre parce que je n'arrive pas à être aussi détachée que lui, parce que – CQFD – je suis encore amoureuse. C'est horrible, mais c'est comme ça : le largué trimballera toujours une odeur de défaite pour celui qui l'a largué, une odeur doucereuse et persistante.

Je tape à toute vitesse *Top ! Avec plaisir ! Vers 11 h ? Balance ton adresse ! Bizzz !!*, j'ajoute un smiley clin d'œil langue tirée (quand on me cherche, on me trouve) et envoie. Je reçois aussitôt son adresse accompagnée d'un jovial *À demain 11 h !*. Je riposte immédiatement par un pouce levé (dans ta gueule !). J'attends qu'il contre-attaque, mais apparemment il garde des cartouches pour demain (quand il m'ouvrira en jogging et me réchauffera le café de la veille).

C'est quoi cette rue ? Je rentre son adresse sur Google Map, et découvre qu'il habite à quinze kilomètres du centre de Limoges dans un coin qui a plutôt mauvaise réputation. J'en éprouve une pointe de satisfaction. Mes seuls ex qui ont le droit d'être heureux sont ceux que j'ai largués. Point. Les autres ont le droit de continuer à vivre (on n'est pas des bêtes), mais chacun de leurs échecs m'apparaît comme une revanche. J'ai un peu honte d'écrire ça, mais je suis sûre que si je fondais un club, je refuserais du monde.

40

Je conduis la voiture de... mon père. Psychanalytiquement parlant, je pense que ça vaut des points. Ce matin, j'ai demandé à ma mère de me prêter sa Twingo pour me rendre chez Alban (je n'allais pas faire les quinze kilomètres sur les genoux, on n'est pas à Compostelle), mais la vieille Twingo a un problème d'injecteurs encrassés qui risquent de [SUPPRESSION DU PARAGRAPHE JUGÉ TROP ENNUYEUX PAR L'AUTEURE]. Je suis donc au volant d'une magnifique berline alliant sécurité, fiabilité, faible coût et confort : le partenaire idéal des commerciaux itinérants.

Waze m'ordonne de tourner à droite. Je tourne à droite.

J'ai appris que... mon père (mon père, mon père, mon père, mon père, tout est une question d'entraînement) adore les voitures. C'est en partie pour ça qu'il a choisi ce métier « tourné vers la route ». Il change de « véhicule » tous les cinq ans, « grand maximum, après on entre dans les années de fortes décotes et surtout on dépasse le seuil psychologique des cent mille kilomètres ». Voilà la conversation que j'ai eue au petit déjeuner avec l'homme que j'idéalise depuis quarante ans. Ma mère passait ses soirées à regarder des émissions débiles à la télévision, et je me couchais en rêvant d'un père cultivé, un père en velours côtelé, avec un livre dépassant de sa poche. Comme elle avait l'air médiocre, ma mère, à côté de lui. Le monsieur qui me parlait ce matin de cylindres avec des trémolos dans la voix aurait probablement passé ses soirées assoupi à côté d'elle.

Je n'ai peut-être pas manqué grand-chose finalement. Si ça se trouve, j'ai même évité le pire : il nous aurait traînées à des rassemblements de véhicules anciens dans des bleds improbables, aurait passé ses week-ends à nettoyer sa voiture au coton-tige, et m'aurait interdit de manger sur ses banquettes en cuir. Avec ma mère, on adorait manger dans la voiture. Quand on partait en vacances, on s'arrêtait dans la première station-service et on faisait le plein de Chipster, de Treets et de Petits Cœurs. Le but premier n'était pas de faire des miettes, mais ça faisait partie du plaisir.

Au rond-point, prenez la troisième sortie. Amen.

Mon père est un homme méticuleux qui ramasse ses miettes entre deux bouchées. Du bout de l'index, tip, tip, tip, il fait le ménage autour de son assiette. Je n'ai pas de mal à comprendre ce qui le fascine chez ma mère qui parfois ne ramasse pas ses miettes entre deux saisons. Quand on a vendu toute sa vie des « caméras d'inspection pour des contrôles en production et en maintenance », on doit trouver ma mère follement exotique. Elle a eu mille vies, mille adresses, mille petits jobs, tout ça concentrés dans un rayon de trente kilomètres : une boule à neige. Je n'ai pas beaucoup de mal non plus à saisir ce qu'elle lui trouve. Il est la terre ferme après le grand huit. Je la regardais ce matin jouer à la famille publicitaire, se gargariser avec ses « Demande à ton père », « Tu prendras un petit jus d'orange, comme ton père ? », « Ton père me disait encore hier... ». Un peu plus et elle m'annonçait « Réserve ton 21 mai, on a décidé de faire une grande fête pour nos quarante-cinq ans de mariage ». Toute sa vie, elle a couru après la passion, elle semble découvrir, à soixante-dix ans passés, les charmes discrets de l'amour.

Je tourne à gauche. Docilement.

Pour ma part, je continue à trouver ce père très en dessous de mes attentes. Ce matin, comme hier, il a beaucoup parlé. Ç'aurait été pour se vendre, ça m'aurait émue. J'aurais aimé le voir s'agiter, énumérer ses qualités, sentir que le commercial en lui s'était fixé pour objectif de me vendre un Serge (quand vous aurez découvert tous les atouts du Serge, vous n'envisagerez plus jamais d'acquérir un autre père !). Je crains malheureusement qu'il soit juste bavard et ennuyeux.

Je m'arrête à un feu rouge.

« *Dans cent cinquante mètres, vous serez arrivé à destination*. »

Je savoure la laideur du quartier, et redémarre.

— Alban ? Alban Montaigne ?

Ma mère m'a dévisagée.

— Oui, Alban Montaigne.

Combien de fois ai-je rêvé de m'appeler Pilar Montaigne. J'avais la certitude que ma vie changerait du tout au tout.

— Tu vas boire un café chez Alban Montaigne ?

— Oui. Pourquoi ?

— Pour rien. (Je trouve ça juste bizarre que tu retournes voir ton ex.)

— (Tu ne vas quand même pas me donner des leçons de fidélité, si ?)

En attendant, je ne l'ai pas dit à Étienne. Je suis sortie dans la rue pour l'appeler ce matin. On a parlé de mon père, de mon père et de Lucien qui, hier, a recoiffé son frère avec le balai des toilettes, mais pas d'Alban. Je n'ai pas réussi à trouver l'occasion de glisser « Au fait, je vais boire un café avec Alban, tu sais, mon grand amour de jeunesse que j'ai mis des années à oublier ». À ma décharge, c'est un concept très difficile à caser dans une conversation avec son homme.

— Et tu déjeunes avec nous après ?

Ma mère avait croisé les bras.

— Je ne sais pas.

— Comment ça, tu ne sais pas ?

— Je ne sais pas. Ça va dépendre du temps que je reste avec Alban.

— Et ton père ?

— Quoi mon père ?

— Il va être déçu !

Il fumait une cigarette dehors. Quelque chose me disait qu'il s'en remettrait.

— Écoute, maman, ça fait beaucoup d'informations pour moi, tu peux comprendre ça ?

— Oui. (Non.)

— Tu aurais pu me prévenir quand même.

— Je voulais te faire une surprise. (J'avais peur de ta réaction.)

Le bruit de la baie vitrée a abattu notre conversation en plein vol. Je n'ai pas eu le temps de lui demander comment ça s'était passé exactement, au bout de combien de minutes elle lui avait proposé d'emménager avec elle, et si elle pensait que c'était sérieux, vraiment sérieux. Elle n'a pas eu le temps de me prendre dans ses bras et de murmurer qu'elle était contente de m'avoir enfin rendu mon père.

Le grand Serge, usé, flétri, nous a rejointes. Il puait la cigarette. Une douche au jus de Tic-Tac ne serait pas venue à bout de l'odeur. J'ai décrété dans ma tête que ça me faisait assez de père pour le week-end, et je lui ai demandé si ça ne le dérangeait pas que je laisse sa voiture près de la gare. J'allais rentrer directement après mon rendez-vous, ce serait plus simple. Il n'a pas eu l'air déçu, mais contrarié. Sa belle voiture ? Près de la gare ? Avec tous les punks à chien ? Ma mère a dit qu'elle irait la chercher en fin de journée. Je n'aurais qu'à lui renvoyer la clé en Chronopost, elle prendrait le double. Mon père a hoché la tête avec un sourire constipé (et allez, ma clé qui se balade dans la nature maintenant). Comme à chaque fois qu'il y avait une tension entre un de mes beaux-pères et moi, ma mère s'est empressée de faire tampon. Certaines choses ne changent pas.

Ensuite, je suis montée m'enfermer dans la salle de bains pour essayer de réanimer mon sex-appeal (Alban ne m'avait pas vue depuis vingt ans, je tenais à avoir les cheveux propres et le teint frais pour limiter les dégâts du temps). Quand je suis redescendue, Serge m'a tendu la clé de sa voiture comme s'il me confiait un de ses organes. J'ai fait mine de ne pas le remarquer. Cette vulnérabilité automobile me gênait pour lui. Les adieux ont été plutôt joyeux, preuve que finalement on était tous soulagés que ça se termine plus tôt que prévu.

« *Vous êtes arrivé à destination.* »

J'éteins Waze avec déférence, me gare devant le 9, et n'ose y croire. C'est trop laid pour être vrai. Mon ex éblouissant, poète écorché vif, habite un pavillon en parpaings gris donnant sur une pelouse pelée, jonchée de jouets d'enfants décolorés par le soleil. Les fenêtres sont flanquées de volets qui s'écaillent. La clôture se résume à un grillage maintenu par des piquets qui penchent piteusement. Un père Noël pendouille encore à la gouttière. Ce spectacle m'attriste et me ravit, me sidère et me déçoit (la nature humaine est complexe). J'ai dû dépasser le temps d'arrêt réglementaire dans la rue puisque dans la cour d'en face, un chien en poils de paillasson se met à aboyer comme un possédé. Allez... Un pied devant l'autre.

41

Je regarde la sonnette. Ma main pèse une tonne. Mon cœur bat jusque dans mes oreilles. J'ai peur de me liquéfier en revoyant Alban. Et je m'en veux. Terriblement. Qu'est-ce que je fais là ? (Étienne.) J'ai l'impression d'attendre que la porte s'ouvre, la culotte aux chevilles. Tout se mélange, tournoie. Je sonne.

— C'EST QUI ENCORE ?!

J'ai un mouvement de recul. Une femme vient de hurler derrière la porte. Je ne sais plus quoi faire. Je suis paralysée, comme un campagnol sous une pluie de brindilles qui fixe un trou d'obus les oreilles couchées en arrière. La porte s'ouvre à la volée, et je me retrouve nez à nez avec une blonde osseuse au regard exorbité.

— OUI ? QUOI ?

Je me décompose. Littéralement. Je sèche sur pied.

— C'EST POUR QUOI ?!

Alban apparaît derrière elle. Il a les tempes grisonnantes, les joues creusées et des pattes-d'oie au coin des yeux.

— C'est bon. C'est pour moi.

— C'EST QUI ?!

Il me tire par le bras et me fait entrer.

— C'est pour moi, je te dis. C'est bon. Arrête.

— QUE J'ARRÊTE ?!

— OUI, ARRÊTE ! J'AI COMPRIS JE TE DIS ! JE VAIS RETROUVER DU BOULOT !

— QUAND ?! QUAND ?!

Et là, curieusement, ils m'oublient. Alban me range sur le côté (on verra ça plus tard), et vas-y que ça s'insulte ! Et vas-y que ça se balance des horreurs comme autant de grenades dégoupillées ! Effarée, je regarde autour de moi pour chercher de l'aide, et – sidération – je tombe sur leurs enfants en train de jouer à un jeu vidéo sur un canapé en similicuir. En pyjama, la manette à la main, leur grande fille et leur petit garçon jouent, la bouche entrouverte et le regard fixe. Deux pâquerettes sur un champ de guerre.

— PARCE QUE TU CROIS QUE C'EST UNE « VOCATION » POUR MOI D'ARRACHER LES POILS DE CHATTE ?!

Je retourne à l'engueulade en priant pour que la blonde soit toiletteuse.

— ET FAIRE DES SOINS DE PEAU !

Ah non…

— J'AAAAADORE ÇA, ÉCLATER LES POINTS NOIRS DES GROSSES CONNES !

Y a des enfants, y a des enfants…

— EH BAH NON ! ÇA ME FAIT CHIER, TU VOIS ! CHIER, CHIER, CHIER !

— T'es venue en voiture ?

Cette dernière question est pour moi. Alban me regarde. Ses yeux sont cernés, fatigués. J'ai envie de répondre que je vais y aller (vous êtes occupés, je ne vais pas vous déranger plus longtemps), mais c'est Alban... du moins ce qu'il en reste.

— Oui, je suis garée devant.

— MAIS C'EST QUI ? T'ES QUI ?

Alban me reprend par le bras (il ne faudrait pas que ça devienne une habitude), ouvre la porte et m'entraîne dehors. La blonde perd une roue. On traverse le jardin sous une pluie d'injures.

Je m'installe derrière le volant, et attache ma ceinture. À côté de moi, Alban claque sa portière, et me conseille d'y aller. Du coin de l'œil, je la vois courir vers nous armée d'un pot de fleurs. La peur d'abîmer la voiture de mon père se referme sur mes entrailles comme une mâchoire de monstre. J'écrase l'accélérateur et démarre en trombe. La blonde hirsute lance le pot de toutes ses forces. Son objectif est clairement de faire exploser le pare-brise arrière de la magnifique berline alliant sécurité, fiabilité, faible coût et confort. Heureusement, la gravité joue pour moi, la résistance de l'air aussi, sans compter le manque d'aérodynamisme flagrant d'un pot de fleurs. Le projectile loupe sa cible, et s'éclate sur le bitume à quelques mètres de notre pare-chocs en fuite. Le chien se remet à aboyer, la blonde aussi. On remonte la rue à toute vitesse dans un vacarme assourdissant. Il ne nous manque plus que les boîtes de conserve et le panneau *Just married*.

42

Je me gare quelques rues plus loin, et adresse un regard effaré à Alban. Il ne résiste pas à mes yeux ronds. Ses nerfs lâchent et il se met à rire.

— Pardon, je suis désolé…

— Non mais c'est… surréaliste.

Le rire me gagne aussi.

— Surréaliste.

Je ne trouve pas d'autre mot pour décrire le décalage entre mon espoir, légitime, que ça se passe bien et… ça.

— Elle nous a jeté un pot de fleurs ?!

Alban hoche la tête. Toutes les rides de son visage se creusent, mais quand il rit, je le retrouve. Je nous retrouve.

43

Je retourne au Télex comme une alcoolique à la bouteille. Pour prendre un café avec Alban, il me semble logique d'aller dans le bar où on en a bu des centaines, à côté du lycée. Je nous y conduis en silence. Alban s'est assombri en même temps que le ciel. La pluie s'est mise à tomber, sans tonnerre ni arc-en-ciel, une pluie d'une affligeante banalité. Les essuie-glaces balaient le pare-brise à intervalles réguliers. Je ne sais pas trop comment relancer la discussion (alors comme ça tu vis avec une folle ?). N'importe quel homme meublerait (ah ah, sacrée Sylvia, elle n'est vraiment pas du matin) – pas Alban. Il garde les yeux rivés devant lui, et les mains posées sur son jean usé. C'est sa vie. À prendre ou à laisser.

— Tu vas où, là ?

— Hein ?

— Tu vas où ?

— Je sais pas, je me suis dit qu'on pourrait aller au Télex.

— Il a fermé le Télex.

— Ah bon ?

— Oui. C'est un Brioche Dorée maintenant.

— Ah merde… Tu veux aller où alors ?

— Je sais pas. Bah tiens, gare-toi là, on n'a qu'à aller au Jean Bart.

Le Jean Bart ? Le bar de vieux où il n'y a que des quadragénaires ?… Greffier, veuillez effacer cette phrase.

La place qu'il vient de me montrer est minuscule, mais je n'ose pas le contredire. J'entreprends un créneau qui nécessiterait un double décimètre. Je m'y reprends à trois fois, déstabilisée par la peur d'abîmer la voiture de mon père. Alban ne dit rien. Il est ailleurs. Je transpire seule dans mon coin. J'aurais tellement aimé réussir mon créneau du premier coup pour l'impressionner… et tout à coup, ça me revient, cette obsession que j'avais de lui plaire. Il faut dire qu'il ne faisait aucun effort. C'était à moi de faire tout le boulot. Il était comme il était, point. Si ça ne m'allait pas, je n'avais qu'à sortir avec Christophe Meunier ou Thibault Veyrand (pour mémoire, Thibault Veyrand venait au lycée avec une guitare alors que d'après la rumeur il ne savait pas en jouer). Vingt ans après, rien n'a changé : Alban ne fait aucun effort pour me plaire, et moi je transpire à l'idée de le décevoir.

Je finis par me garer, sors sous la pluie, et claque ma portière en signe de protestation. Comme il a l'air de s'en foutre, je me dégonfle aussitôt, attends qu'il sorte, ferme la voiture et le suis jusqu'au Jean Bart. Il ouvre la porte, et me passe devant (il y a des choses qu'on remarque moins à l'adolescence). Il traverse le bar sombre et désert, un bar tout en bois et velours vert, un club de billard sans billards. Il s'assoit à une table et appelle le serveur. (Bon, je vais me mettre en face de toi alors.) Je m'installe en priant pour que mes boucles aient survécu à la pluie.

— Tu prends quoi ?

— Un café.

Le serveur arrive. Alban le regarde à peine.

— On va prendre un café et un whisky, s'il vous plaît.

— Très bien, monsieur. Ballantine's, Aberlour, Oban ou Jack Daniel's ?

Alban serre les dents (les gens compliquent tout).

— Aberlour. Double.

Le serveur tourne les talons. Alban se cure les ongles. Il attend. Difficile de dire s'il attend que je parle ou s'il attend juste son verre. Dans le doute, je me lance :

— Tu cherches du boulot alors ?

— Hum…

— Dans quoi ? Je veux dire dans quelle branche ?

— Une branche où personne ne me ferait chier, et où je gagnerais beaucoup d'argent.

— Ah oui, c'est… Faut trouver.

— Elle n'est pas comme ça, Sylvia. En vrai, c'est une fille super. C'est de ma faute, c'est moi qui la rends dingue.

Cette phrase me fait de la peine, une peine immense. Il est en train de rater sa vie, et il est à l'âge où il ne peut plus le cacher. J'aimais bien l'idée qu'il ait moins bien réussi que moi, qu'il habite une maison moche dans un quartier moche. C'était de bonne guerre (fallait pas me quitter, mon gars). Mais là, c'est trop, même pour moi.

Le serveur nous apporte notre commande. Alban descend son whisky en me parlant de son chômage en fin de droits. Des mots gris d'adulte sortent de sa bouche. Factures, traites impayées… Je hoche la tête en trempant mon speculoos dans mon café.

— On ne va pas tarder à voir débarquer les huissiers.

— Les huissiers, carrément ?

Il doit se demander pourquoi je reste avec mon gâteau imbibé de café à la main, mais je ne me vois pas le manger. J'aurais l'impression de mâcher un sandwich poulet-crudités à un enterrement.

44

Ça y est, j'ai atteint ma limite. Le voyant « jauge d'intérêt » sur mon tableau de bord vient de passer au rouge. Je ne peux plus l'écouter parler de ses problèmes de couple. Même par gourmandise. Ça fait une heure que ça dure, une heure que j'essaie poliment de changer de sujet (et tes parents alors ?), mais il revient toujours à Sylvia. J'ai entendu des détails sur leur vie sexuelle que je ne souhaite à personne. Il faut que cette conversation cesse, mais avant, je veux l'information que je suis venue chercher.

— Et rien à voir, mais tu as des nouvelles de Stella ?

— Stella ? Non. Aucune.

— Ah bon ? Tu ne l'as jamais revue depuis ?

— Depuis quoi ?

— Depuis... (Merde.) Depuis que vous avez...

— Ah. Non. Enfin si, j'ai bien dû la revoir deux-trois fois juste après, mais on se disait à peine bonjour. Je crois qu'elle me faisait la gueule, pour pas... en rajouter quoi... par rapport à toi.

— …

— Je crois qu'elle s'en voulait.

— Ah bon ? (Et pas toi ?)

— Pourquoi tu la cherches ?

— Je la cherche… je la cherche… parce que je ne la trouve pas.

Ça le fait sourire, pas moi. Comment se fait-il que tout le monde prenne cette histoire à la légère ? Il boit une gorgée et repose son verre.

— À mon avis, elle est partie vivre très loin, aux États-Unis ou je sais pas où.

— Oui, c'est ce que je me suis dit aussi.

— T'as regardé sur Facebook, Insta, tout ça ?

— Oui. J'ai rien trouvé.

— C'est qu'elle a changé de vie, elle s'est mariée… Elle nous a oubliés, qu'est-ce que tu veux ? On ne peut pas lui en vouloir.

Il montre la rue d'un geste vague, comme si ce minuscule morceau de Limoges sous la pluie parlait de lui-même.

— Mais c'est quand même bizarre que tu ne l'aies pas recroisée depuis toutes ces années. Elle a bien dû revenir voir ses parents à l'hôtel.

— Ils ont vendu, ses parents, c'est un hôtel moderne maintenant.

— Je sais bien, mais ils ont vendu il y a seulement quelques années. Tu aurais dû la recroiser avant, place de la Rep, ou rue Charles-Michel.

— J'ai passé l'âge de traîner rue de la Soif, tu sais.

Je me retiens de lui dire que vu d'ici, ce n'est pas flagrant.

— J'ai vraiment été con de coucher avec elle. (Je te demande pardon.)

— Oui, oh, c'est pas grave, c'est loin maintenant. (Je te remercie.)

Un ange passe. Je décide de le suivre.

45

Si vous chassez le naturel, n'hésitez pas à utiliser du gros plomb. J'étais fière d'être partie sur un coup de tête, sans insister pour payer ou le raccompagner, et maintenant que je tourne sous la pluie pour trouver une place près de la gare, je regrette.

Le pauvre.

En même temps, je ne me voyais pas le redéposer devant chez lui au risque de prendre un pot de fleurs entre les deux yeux. Et puis ça va deux secondes la bienveillance, il ne m'a posé aucune question personnelle. Aucune. Je veux bien être à l'écoute, tournée vers les autres, mais pas une seule question ? Après vingt ans ? Qu'il ne m'ait jamais googlisée, à la limite, passe encore, mais là il m'avait sous le nez. Il aurait pu me faire la grâce d'un « Tu habites où ? » ou « Tu fais quoi comme métier ? ». Je ne lui demandais pas de me dérouler le questionnaire de Proust. Dans un sursaut pathétique, j'ai fini par glisser quelques phrases sur moi, mais c'est comme si mes mots tombaient dans un trou. Qu'il reste seul à s'alcooliser sur sa banquette, dans ce bar désert, au milieu de sa vie dévastée. Tant pis pour lui. Sorti de « Qu'est-ce qu'on mange ce soir ? », il ne doit pas non plus lui poser beaucoup de questions à sa Sylvia. Si j'étais elle, je balancerais sûrement des pots de fleurs moi aussi.

Je trouve enfin une place. Il me reste deux heures à tuer avant le départ de mon train. Ça n'a l'air de rien deux heures, mais avec la vie que j'ai, c'est vertigineux. Ça me fait l'effet d'une culotte sans élastique. Si les Galeries Lafayette avaient été ouvertes, je serais allée traîner de rayon en rayon, essayer des vernis à ongles et caresser des chaussures à talons.

Je sors sous la pluie qui continue inexorablement à goutter du ciel gris, vérifie que je n'ai rien oublié, et claque la portière. Je vérifie ensuite que tout est bien fermé, une fois, deux fois, me dirige vers la gare, reviens sur mes pas, vérifie une troisième fois, tout ça sous la pluie. Les portières ? Le coffre ? Je n'ai jamais été aussi stressée pour une voiture. Ça doit être un sentiment fourni avec le père.

Je cours me réfugier dans la gare. Je vais me prendre un Coca Zéro à la machine, un paquet de Croco Haribo, m'asseoir sur un siège dur et froid, et lire mes mails. Le week-end, c'est le moment où les acheteurs et les vendeurs ont le temps de se poser plein de questions qu'ils gardent rarement pour eux. Je traverse le hall-cathédrale, et trouve une machine Selecta qui – la vie est une source intarissable de joies – propose du Coca Zéro et des Croco Haribo. Pour que mon bonheur soit complet, je repère ensuite un siège dur et froid, pose mon sac, et sors mon portable.

Seize messages ! Vestiaire Collective a des nouveautés correspondant à mes alertes, IKKS lance un – 40 % en temps de paix, La Redoute, Du Pareil au Même… Je supprime tout avant de passer deux heures à faire défiler mécaniquement des bouts de tissus dont je n'ai pas besoin, et ouvre les mails pros qui vont me faire pousser des soupirs d'exaspération.

46

Est-ce que les voisins sont sympas ? Là, sous mes yeux, noir sur blanc. *Est-ce que les voisins sont sympas ?* Ils sont prêts à faire parler le stylo à bille, mais avant, ils voudraient s'assurer que les voisins sont sympas. Tout m'étonne dans cette question. Comment pourrais-je le savoir ? Je suis agent immobilier, pas témoin de Jéhova. Je ne tape pas à toutes les portes dans un rayon de cinq cents mètres autour du bien que je vends pour m'assurer que tout le monde est sympa. Qu'est-ce que ça veut dire en plus « sympa » ? Les collègues esthéticiennes de Sylvia doivent la trouver très sympa à la pause déjeuner quand elle raconte ses anecdotes aussi désopilantes que dépilatoires (vous savez ce que j'ai demandé à une cliente au téléphone ce matin ? De m'épiler son nom de famille !... Ah ah ! Oh Oh ! Qu'est-ce qu'elle est sympa, Sylvia !).

Mme Gautier n'a qu'une adresse.

Je fronce les sourcils en lisant le message que je viens de recevoir d'un numéro inconnu. Qui est cette Mme Gautier ? Qui n'aurait qu'une adresse ? Comme tout le monde, en même temps. À part une poignée de privilégiés qui passent leurs week-ends dans leur maison de campagne. Un deuxième message allume la lumière dans ma tête.

Avenue des Macareux, chalet 42, allée n° 7, 11430 Gruissan.

La plage des Chalets à Gruissan a connu deux grandes distinctions : Jean-Jacques Beineix y a tourné *37°2 le matin* et Stella Saintonge y a passé toutes ses vacances d'été. Ses parents s'y sont apparemment installés après avoir vendu l'hôtel. Voilà le fil que je cherchais pour remonter jusqu'à Stella ! Je remercie Miss Camping pour cette précieuse information, copie l'adresse dans Google Map et lance une re…

De rien. Ça m'a fait plaisir de vous aider ! J'adore aider les gens !

Que répondre à ce message en peluche ?… *Merci.* J'ajoute un savant mélange d'émojis et poursuis ma recherche. Il y a une friterie à quelques numéros, un hôtel deux étoiles…

De rien !!

… un tabac-presse, des suggestions pour aller dîner en amoureux à Gruissan, mais rien au chalet 42. Qu'est-ce que j'espérais ? Une photo des parents de Stella tenant une pancarte avec leur numéro de téléphone ? Je rentre *Saintonge* et l'adresse sur les Pages Blanches.

Nous n'avons pas de réponse à cette recherche.

Les belles années des Pages Blanches sont derrière elles. Par le plus miraculeux des hasards, ils louent peut-être leur chalet pour arrondir leur retraite.

Je me mets à traîner sur les sites de location, en espérant trouver un contact, un mail, un numéro de portable, un gobelet en plastique relié à un fil... Rien sur Airbnb. Rien sur Abritel... MediaVacances... Locasun... Holidu... Goliday... Mes yeux commencent à piquer, preuve que mon corps déroule du câble depuis quarante ans. Je sais bien que la confrérie des presbytes ne va pas tarder à m'ouvrir grands ses bras. À mon anniversaire, j'ai surpris ma copine Élodie répondre à un texto, la taille des caractères sur l'écran de son portable m'a glacée.

J'éteins mon téléphone avant d'appeler ma mutuelle pour savoir s'ils remboursent bien les lunettes, lève la tête et admire les châtaignes sur le grand vitrail Art déco.

Je connais Gruissan. Je connais ce chalet. J'y ai passé tout un mois de juillet seule avec Stella pendant que ses parents travaillaient à l'hôtel. Ils ne fermaient jamais en juillet, trop contents d'accueillir les artistes du Festival international du pastel, ainsi que tous les autres passionnés que les salons de la région attiraient comme des mouches en espadrilles. En revanche, ils fermaient en août parce que, vous le croirez ou non, l'été, Limoges n'est pas la plaque tournante du tourisme.

C'était un chalet blanc sur pilotis, avec une grande terrasse. Je me souviens des lattes en bois sous mes pieds quand j'allais fumer ma Lucky Light face à la mer, et de la brise salée qui soulevait ma robe à fleurs (achetée en catastrophe pour ne pas avoir l'air d'une femme à barbe à côté de Stella). On devait avoir dix-neuf ou vingt ans, c'est dire comme les mecs étaient notre priorité. On sortait tous les soirs au Sax, un bar-boîte sur la plage qui servait des vodkas-pomme que je sifflais à la paille en travaillant ma moue boudeuse. Je rêvais d'être Béatrice Dalle, de porter des mini-shorts en satin, d'être tour à tour ingénue et fatale, d'être une « fleur étrange munie d'antennes translucides et d'un cœur en skaï mauve ». Malheureusement, je parvenais tout juste à être moi-même. Une petite brune dans son éternelle robe à fleurs qui répétait « sea, Sax and sun » en riant très fort. Quand Stella apparaissait, en revanche, c'était comme si une bombe atomique explosait dans la stratosphère. Le sol tremblait, la température montait en flèche, et il ne restait plus un homme debout à des kilomètres à la ronde. Elle n'avait rien à faire. Elle était ce que la vie fait de plus beau et de plus injuste. Je la revois danser en salopette et débardeur. Tous les mecs du Sax la fixaient, médusés… et j'adorais ça. Aujourd'hui, j'ai la douloureuse certitude que quand je la rejoignais sur la piste, j'entrais dans leur champ de vision comme un moucheron traverse un coucher de soleil, mais à l'époque, je profitais pleinement du confort de vie que nous offrait sa beauté. J'avais même réussi à me convaincre qu'on formait un duo de choc. Et peut-être que c'était le cas. Elle était belle et stable. Une reine qui attirait tous les regards. Moi, j'apportais autre chose, j'étais bancale, drôle, accessible.

Pour la première fois depuis longtemps, nos fous rires me reviennent. Je nous revois rentrer à l'aube, décortiquant avec passion les faits et gestes de garçons dont j'ai oublié le prénom. Alors que le soleil se levait sur la plage des Chalets, je nous revois attendre que la boulangerie ouvre. On était affamées. On était hilares. Je ne la suivais pas partout comme une fan en laisse. Je l'appelais Stellita Banana. Nous étions amies.

47

Le train quitte la gare de Limoges tel un gros lombric paresseux, et je m'en veux de ne pas avoir passé ces deux dernières heures avec mon père. Je suis toujours surprise par la vie, par la force de son courant. Hier encore on m'aurait dit « Tu vas rencontrer ton père », je me serais imaginée lui sauter dans les bras, et rester accrochée à lui comme un petit animal exotique. Au lieu de ça, j'ai rencontré mon père, très bien, une bonne chose de faite, je coche la case, et continue à avancer…

48

… contrairement au train qui s'est arrêté entre Châteauroux et Issoudun et refuse catégoriquement de redémarrer.

49

J'ouvre la porte de notre appartement en faisant le moins de bruit possible. Étienne m'a envoyé *Je me couche* il y a plus d'une heure et je m'en voudrais de le réveiller. Je pose ma valise dans le salon, Marley vient s'y frotter.

— Eh ben, tu dors pas, toi ?

Papa et maman Modèle non plus. Ils lisent, allongés en quinconce sur leur canapé. On dirait une publicité combinée pour le Slip Français et le shampoing Pétrole Hahn. Leurs filles doivent être en train de digérer leur boulgour en rêvant de la magnifique histoire de Lapin Plume qui recelait cette merveilleuse réflexion sur l'estime de soi.

De mon côté de la tranchée, je vais embrasser mes garçons. Leur chambre sent la cage à perroquet. Ils ronflent tous les deux le ventre à l'air, la couette en boule au pied de leur lit. Je réajuste leur haut de pyjama, les borde, et dépose un baiser sur leurs joues rebondies. Dès que je les regarde dormir, je me sens toute molle d'amour. Je n'ai jamais autant envie de faire une partie de Monopoly Junior avec eux. Il faut vraiment que je rentre plus tôt le soir, qu'on dîne tous les quatre, que je m'intéresse à leurs devoirs tant que j'arrive encore à les faire. Je revois les enfants d'Alban avec leur manette greffée à la main. Je ne peux plus laisser Étienne se battre seul pour élever Joseph et Lucien. Surtout que j'avais le secret espoir qu'ils comprenaient la situation : maman n'est pas souvent là parce que le caddie qu'ils bourrent de Monster Munch et de gâteaux Brossard coûte en moyenne cent quatre-vingts euros, parce que l'été, le plus petit mobil-home dans un camping se loue mille cinq cents la semaine, et que la moindre sortie provoque une fracture ouverte du porte-monnaie. J'ai réalisé en écoutant ma mère ce week-end qu'un enfant ne fait pas le lien. Moi, en tout cas, je ne le faisais pas à l'époque. Je pensais qu'elle n'était pas souvent là parce qu'elle avait mieux à faire, qu'elle était même allée jusqu'à prendre deux boulots pour être le moins possible à la maison. Je ne voyais pas le rapport entre le frigidaire plein et sa chaise vide. Un jour, mes garçons iront chez un psy pour dire tout le mal qu'ils pensent de moi. Si je peux leur éviter cette dépense, j'aimerais autant.

50

J'ai décroché en exclusivité une maison d'architecte à quelques minutes du métro Mairie-des-Lilas. Quand je vais la mettre en vente, je ne donne pas dix minutes pour qu'un essaim de bobos se forme devant ma vitrine. Quelle belle journée. Ce matin, j'ai fait l'amour avec Étienne. Au réveil. Ça ne nous était pas arrivé depuis des lustres. On s'est roulé des pelles profondes. J'avais tellement envie de lui que c'en était douloureux. Quand il est entré en moi, j'ai été submergée par le plaisir, et comme à chaque fois, je me suis demandé pourquoi on ne le faisait pas plus souvent. J'ai joui. Il a joui. Quelle belle journée. L'orgasme est une chose merveilleuse. Il pulvérise tous les problèmes. Les paillettes retombent vite, mais c'est toujours ça de pris, ces quelques secondes d'absolue satisfaction, de complète sérénité. Quelle belle journée. J'ai donné rendez-vous à Rinaldo devant la fameuse maison. J'ai besoin de jolies photos pour la vendre vite et au prix. Je le vois arriver de loin, mon photographe italien sur sa Vespa qui brille au soleil. On se croirait en Italie. Il se gare, coupe le moteur et enlève son casque. Je ne l'ai pas vu depuis le vernissage. Je le trouve beau et élégant. Voilà les gens avec qui je travaille. Il me fait la bise, et s'accroupit pour accrocher son scooter.

— Pardon, je suis en retard…

Cet accent… Que ferions-nous sans l'odeur des roses et l'accent des Italiens ?

— J'ai dû aller livrer une photo de l'expo à l'autre bout de Montreuil.

— Super, tu en as vendu beaucoup ?

— Écoute, oui, presque toutes.

Je me raidis imperceptiblement.

— Tu as vendu la mienne ?

— Hein ? Non. Par contre, non.

Ah.

— Ne me dis pas que c'est la seule qui te reste ! (Petit rire cache-misère.)

— Naaan.

— Il t'en reste combien ?

— Alors c'est ça ta maison d'architecte ? C'est vrai qu'elle est pas mal. Elle va vite partir.

— …

Quelle belle journée.

51

Quelle journée pourrie. Toutes mes visites ont été annulées à la dernière minute, à part la dernière, qui s'annonce très mal. La cliente est allongée au milieu du salon. Bras et jambes écartés, les yeux fermés, elle essaie de ressentir les vibrations de ce petit appartement donnant sur la place Carnot. Jusque-là, j'ai opté pour une attitude de recueillement, mais je suis en train de me demander si elle ne s'est pas endormie. Je laisse encore passer une minute de silence (pour tous les agents immobiliers confrontés à l'ésotérisme), et me glisse entre elle et le cosmos.

— Madame ?

— Chuuuuut…

Je rebaisse la tête, disciplinée. Si elle cherche à se connecter à l'énergie universelle, je peux d'ores et déjà prévenir Étienne que je ne dînerai pas avec eux.

…

Je ne sais pas si cet appartement nécessiterait qu'on y brûle de la sauge, en revanche on entend nettement les klaxons. Ce n'est pas avec le Tout qu'elle devrait entrer en contact, mais avec une entreprise spécialisée dans le double vitrage.

…

Il est beau ce parquet.

…

Mon téléphone bipe dans mon sac, ce qui exaspère ma cliente qui aimerait méditer DANS LE CALME ET LA SÉRÉNITÉ ! Je murmure des excuses et jette un œil à mon portable.

Ton père était tellement content de te rencontrer !! Bisous ! Maman.

Je devrais lever les yeux au ciel (mais bien sûr, maman, tellement content qu'il n'a parlé que de lui, et qu'il était soulagé de me voir partir), au lieu de ça je tombe dans le panneau la tête la première. Mon père, mon père à moi était content de me rencontrer. Je souris comme une imbécile. Ma cliente pourrait me demander de courir de pièce en pièce en agitant des bâtonnets d'encens.

52

J'ai appelé la friterie à quelques numéros du chalet des parents de Stella. L'homme qui m'a répondu avait une friteuse HS et aucune envie d'aider son prochain. Quand je lui ai demandé s'il pouvait aller jeter un œil pour moi au chalet 42, allée 7, j'ai eu droit à un discours ulcéré sur l'obsolescence programmée. Est-ce que je trouvais normal qu'un appareil hors de prix et soi-disant « professionnel » claque au bout d'un an ? Alors qu'il l'avait bien vidangé et tout ? J'ai compati. J'ai même dit des choses comme « Ils nous prennent vraiment pour des cochons de payeurs » et, miracle de l'hypocrisie, il a fini par aller sonner pour moi au chalet 42. À vrai dire, il n'a même pas eu à sonner. Le chalet était en cours de démolition.

53

Quand je rentre, les enfants sont déjà couchés et une assiette de risotto m'attend dans le micro-ondes. J'embrasse Étienne qui regarde la télévision.

— T'as vu, c'est ta copine qui est invitée.

Je résiste mollement :

— Maud Moreau n'est pas ma copine.

En réchauffant mon plat, je l'écoute répondre aux questions de la présentatrice. C'est fou comme la célébrité embellit. À vingt ans, c'était une petite brune aux yeux bleus, pas vilaine, non, elle avait quelque chose. Aujourd'hui, elle a tout : l'assurance, l'humour, le succès, le talent, le monde à ses pieds, les cheveux brillants et pas le moindre reflet de sébum. Comment fait-elle ? À sa place, j'aurais l'air aussi détendue que si je jouais à ni oui ni non avec Pol Pot : le visage luisant, deux robinets ouverts sous les bras et un sourire boulonné en travers de la figure. Maud, elle, semble dîner chez des copains (des caméras ? Ah bon ? Où ça ?). Bien sûr qu'elle sait où se trouve Stella. Elles ont même dû se voir la semaine dernière à l'avant-première du James

Bond à Los Angeles... À moins que... « Ding ! » fait le micro-ondes en même temps qu'une idée dans ma tête. Et si Stella était à l'avant-première parisienne ? C'est possible. Après tout, rien ne prouve qu'elle ne vit plus ici. Je prends mon assiette et m'assois à côté d'Étienne.

— Il sort quand le James Bond ?

— Mercredi prochain.

— Ils ont parlé d'une avant-première ?

— Non.

— Ça va ? T'as l'air...

— Oui ? J'ai l'air quoi ?

— Je sais pas... Énervé ?

— Je n'aurais pas plutôt l'air du mec qui avait rendez-vous chez un éditeur et qui est déçu que sa femme ait oublié ?

— Si... Aussi... Pardon... Comment ça s'est passé ?

— Très bien. Il faut que je sélectionne quatre-vingts grilles.

— C'est vrai ? Donc ça va se faire ?

— Oui. Il pense même que ça peut faire un carton.

Voilà. Un seul carton. Avec une cinquantaine de livres dedans.

— Mais... c'est super !

— C'est bon, ne te force pas.

— Je ne me force pas ! J'y crois !

Je n'y crois pas du tout. J'ai l'impression qu'il espère cartonner en lançant sur le marché un déambulateur gonflable.

« ... *à Paris, pour présenter le dernier James Bond que les Français pourront découvrir sur les écrans dès mercredi prochain.* »

Mon cerveau repère les mots clés dans la phrase de la présentatrice et ma tête pivote d'elle-même. Si Maud Moreau est ici pour présenter le dernier James Bond, c'est qu'il y a une avant-première officielle ! Il faut juste que je trouve où, quand, et que je me fasse inviter. Problème : c'est comme si je disais « Pour coucher avec Bradley Cooper, *il faut juste* que je me retrouve nue dans son lit ».

54

Je sors de la maternelle où je viens de déposer Lucien, et attends Livia et son fils qui ne devraient pas tarder à débouler en courant. Livia est costumière sur des petits films indépendants. C'est ma seule porte d'entrée dans la grande famille du cinéma. J'ai conscience que le dernier James Bond n'est pas exactement un petit film indépendant, mais qui sait ? Peut-être qu'elle connaît quelqu'un qui connaît quelqu'un qui connaît quelqu'un, et ainsi de suite jusqu'à ce que mon nom figure sur la liste des invités à l'avant-première.

Une maman d'élève vient de me repérer. Je le sais pourtant qu'il ne faut pas rester immobile dans cette zone à risque. J'essaie de regarder ailleurs, mais c'est trop tard. Elle fond sur moi comme une buse sur un écureuil.

— Tu viens au café des parents ?

— Hein ? Non, mince, je pars bosser là.

— C'est dommage, on va parler de la qualité sanitaire et environnementale des enjeux de la cantine.

— Ah oui ?… C'est dommage. Mais je ne peux vraiment pas.

— Même quelques minutes ? Tu vas voir, c'est très sympa ! Tu n'es jamais venue, je crois.

Bim, dans ma gueule !

— Non, désolée, je bosse beaucoup.

Bam, dans la tienne !

— Une autre fois peut-être ?

— Voilà.

Elle part en appelant par son prénom un papa qui enfourche son vélo. Cette femme m'angoisse. J'ai honte de l'avouer, mais je ne me sens pas concernée – et encore moins consternée – par la « qualité sanitaire et environnementale des enjeux de la cantine ». Je ne suis même pas sûre de comprendre. Quels sont ces enjeux exactement ? Manger un maximum de feuilletés au fromage et éviter les épinards ? Que nos enfants ne soient pas traumatisés à vie ? Mais n'est-ce pas une fatalité ? La cantine, c'est mauvais, sauf certains jours de chance où c'est bof. On peut se battre pour du bof bio, mais espérer que nos enfants se régalent à la cantine, c'est comme espérer qu'ils ne s'ennuient jamais à l'école. On ne va pas pouvoir tout leur épargner. Autant vite les habituer à l'idée que la vie n'est pas toujours étincelante. Ça finit quand même très mal cette histoire. Dernier soupir, chrysanthèmes et tout le tintouin. Je n'irais pas jusqu'à dire que les épinards de la cantine sont une étape nécessaire dans l'apprentissage de la mort, mais ça fait partie des choses que je n'aurai pas de peine à quitter.

Non, décidément, je ne suis pas faite pour les cafés des parents. Je ne me réjouis pas que l'année prochaine Lucien soit avec M. Joubert (monsieur qui ?). Je n'ai aucune envie de monter au front parce que nos « petits apprenants » ne pourront finalement pas faire leur potager. L'école me prend mes enfants de 8 h 35 à 16 h 30 cinq jours sur sept, et je ne suis pas du genre à mordre la main qui me sort le cul des ronces.

Pile au moment où la sonnerie retentit, Livia déboule en tirant son fils. Alors qu'elle me claque une bise, je lui glisse que je l'attends, j'ai quelque chose à lui demander.

— Ok, je fais vite.

Elle traverse le hall en adressant un sourire gêné à la directrice. C'est reparti pour quelques minutes immobile en territoire hostile. À quelques mètres de moi, des parents discutent de l'AMAP de la place Carnot. Je rougis intérieurement. Pour ceux qui ne savent pas ce qu'est une AMAP (dénoncez-vous, je vous en prie, j'ai besoin de soutien), c'est une association pour le maintien d'une agriculture paysanne. En d'autres termes, c'est un point relais en ville qui distribue à ses adhérents des paniers remplis de fruits et légumes de saison, d'œufs pondus à quelques kilomètres de là, de viandes bio en circuit court. C'est formidable, là n'est pas la question, seulement ça me rappelle un moment tragique de ma vie.

En arrivant à Romainville, j'ai eu à cœur de montrer à tous les bobos en présence que j'étais l'une des leurs : une authentique biobio qui ne jetterait jamais – plutôt mourir – une bouteille de verre dans la poubelle des ordures ménagères et qui ne laisserait sous aucun prétexte – quelle inconscience – couler l'eau en se lavant les dents. Voyant qu'elle avait affaire à une fille formidable, une maman de la crèche m'a rapidement parlé de l'AMAP. J'aurais dû me contenter de ponctuer son monologue de « Évidemment » et de « Formidable », mais non, il a fallu que je demande. « Elle est où exactement cette MAP ? » Dans le micro-silence qui a suivi, j'ai compris que ce n'était pas la MAP, mais l'AMAP (la vie me tend des pièges). Depuis, je sens bien que je ne suis plus la bienvenue dans les conversations « compost et parentalité ».

— J'ai pas été trop longue ?

— Non, non... Ça va ?

— Oui, très bien.

— Super... Je voulais juste te demander : tu sais s'il y a une avant-première pour le James Bond ?

— Me parle pas de ce film, il sort en même temps qu'un docu-fiction sur lequel j'ai bossé, on ne va pas faire une entrée. Cette bouse va emboliser le marché pendant des semaines.

Ça part bien, je trouve.

— Et... tu crois que tu pourrais te renseigner ?

— Sur ?

— L'avant-première. J'aimerais bien y aller.

— À l'avant-première du James Bond ?

— Oui.

Elle me dévisage en luttant de toutes ses forces contre la vague de condescendance qui la submerge.

— Je vais demander... Mais tu aimes les James Bond, toi ?

— Eh ben...

Je choisis la voie rapide :

— Oui. J'adore. Depuis toute petite. Je devais avoir l'impression d'être avec mon père quand je les regardais.

Moche, l'argument du père, mais très pratique pour détourner une conversation.

— Ah d'accord… Bah écoute, je vais voir ce que je peux faire.

— Super !

Je préfère m'inventer une passion pour 007 plutôt que de confesser que je cherche mon ex-meilleure amie. Elle me demanderait qui est Stella. Je lui expliquerais que c'est grosso modo la dernière personne que j'aie envie de revoir, mais que voilà, moins je la trouve, plus je la cherche. Pourquoi ? Parce que je suis conne, hé hé, je ne vois que ça. Tout le pitoyable de la situation se mettrait à dégorger. Non, il y a des choses qu'il vaut mieux garder pour soi. Ça fait partie des leçons que j'ai reçues en dédommagement de mon grand âge.

55

Mélanie et Jaya, elles, n'ont pas encore atteint ce degré de sagesse. Elles ne gardent jamais rien pour elles, jamais. Le café du matin tourne invariablement au cercle de parole. Aujourd'hui, Mélanie nous a confié (gloussement) qu'elle avait fait un « truc de ouf » (gloussement). Elle avait donné rendez-vous chez elle à un mec Tinder. J'ai failli réagir, croyant que c'était ça le « truc de ouf » : donner rendez-vous chez elle à un inconnu. Pas du tout. Ça, apparemment, c'est très courant (voilà où j'habite, n'oublie pas ton couteau de boucher). Arrivé au pied de son immeuble, le mec lui a envoyé *Je suis là, par contre je suis avec un copain, ça te dérange pas ?* Là encore, j'ai failli sauter au plafond. Mais quel connard ! Pourquoi pas une équipe de rugby ? Heureusement que j'ai gardé ces réflexions pour moi parce que le « truc de ouf », c'était le plan à trois. Improvisé comme ça, à la bonne franquette. Ça m'a sidérée. Je ne me suis pas sentie vieille, non. Je me suis sentie… différente… indifférente, voilà ! Je n'appartenais plus à leur tourbillon. J'avais moi-même beaucoup tourbillonné à leur âge, mais ça ne me disait plus rien. Non, vraiment, voir deux bites débarquer chez moi au débotté, ça ne me faisait plus du tout rêver.

Je me suis épargné les détails en partant plus tôt à ma contre-visite. Un jeune couple avait craqué sur une maison à Noisy-le-Sec, mais ils voulaient l'avis de leurs proches avant de se lancer. En langage immobilier, « leurs proches » veut souvent dire le père bricoleur qui tapote toutes les cloisons avec un air suspicieux, la mère émue qui part dans tous les sens, le pote en école d'archi qui n'a encore rien appris à part rouler des joints, la meilleure amie qui ne faisait rien ce jour-là.

Une fois encore, ça n'a pas manqué. J'ai accueilli le petit groupe et depuis j'ai l'impression d'assister à un stage de thérapie par l'affirmation. Parents, copains, cousine en archi (une variante) ont tous un avis très arrêté et très opposé – forcément – sur l'emplacement de la maison, son exposition, la taille des pièces…

En sortant dans la cour (tour à tour qualifiée de « minuscule », « charmante », « sordide » et « très pratique pour étendre le linge l'été »), je découvre un message de Livia. Merveilleuse Livia qui ne m'a pas oubliée. L'avant-première est prise d'assaut (ah), même le frère de Jean Dujardin n'a pas pu avoir de place (curieuse précision). Elle ne peut rien faire pour moi, à part m'indiquer que la soirée aura lieu mardi prochain à 21 heures à l'UGC Normandie. Sur les Champs-Élysées. Évidemment.

— Pardon, mais mon père voudrait savoir où est le compteur électrique.

A-t-il cherché dans son cul ?

— Je vais vous montrer.

Je l'invite à passer devant moi, en me demandant comment je vais pouvoir m'introduire dans une soirée où même le frère de Jean Dujardin n'a pas pu avoir de place. Je pourrais laisser un message à Maud sur son compte Instagram que je like religieusement depuis des années, mais la probabilité qu'elle me réponde avoisine le zéro virgule jamais. Non, le mieux, c'est d'aller à cette soirée et de croiser Maud (et peut-être Stella) « par hasard », mais pour ça – on y revient inexorablement – il faut que je me fasse inviter. Reste à savoir comment.

56

Comment ?

57

N'ayant pas réussi à apporter à ce « comment » une réponse satisfaisante, j'ai décidé d'y aller à l'arrache. Le plan (si on peut parler de « plan ») était de mettre une jolie robe, un manteau tendance, des talons de douze centimètres, et de remonter les Champs-Élysées en chantant dans ma tête « Eye of the Tiger ». Une fois devant l'entrée, l'idée (brillante) était de faire semblant de chercher mon carton d'invitation dans ma petite pochette vintage Dior, en priant pour que l'hôtesse soit débordée et me laisse passer.

Les choses se sont compliquées dès qu'il a fallu choisir une jolie robe et un manteau tendance, toute ma penderie ayant dix ans de retard. J'ai fini par opter pour une jupe courte et une veste de tailleur. Pour les talons, j'ai préféré être moins grande, mais plus stable : j'ai ressorti les escarpins que je mettais au début de ma (phénoménale) carrière. Quant à ma pochette Dior vintage, je l'ai retrouvée dans une caisse en plastique où j'entasse mes vieux sacs. L'anse en cuir était craquelée et irrémédiablement tordue, et le sac sentait la friperie, cette odeur lourde, entêtante de transpiration moisie. Je me suis rabattue sur la pochette H&M que j'avais achetée pour le mariage de la sœur d'Étienne.

Me voilà donc en train de remonter les Champs-Élysées, habillée comme une secrétaire-chaudière. Et bien sûr, impossible de me rappeler les paroles de « Eye of the Tiger ».

58

— Je ne comprends pas. Je me revois le prendre.

— Vous pouvez vous décaler un peu, s'il vous plaît ?

— Bien sûr.

Je fais un pas de côté pour laisser passer toute la dernière collection ba&sh et Zadig & Voltaire. Quand j'ai vu qu'il y avait un tapis rouge pour les stars et une petite entrée pour les invités d'intérêt secondaire, j'ai repris espoir. Seulement, il faut se rappeler que tous les gens invités sont, socialement parlant, un grade au-dessus du frère de Jean Dujardin. C'est énorme. Énorme… C'est l'ascension de l'Olympe en Crocs. Quelque chose s'affaisse en moi. Je continue à farfouiller quelques minutes, pour sauver la face alors que je m'enfonce. Ma pochette est minuscule, autant chercher une botte de foin dans le chas d'une aiguille.

59

Je n'allais pas repartir bredouille. J'ai attendu. D'abord près de l'entrée, au cas où Stella arriverait en retard. Ensuite au Bistrot des Champs. Foutu pour foutu, ridicule pour ridicule, autant me faire aussi la sortie du film. Qu'est-ce que ça me coûterait après tout ? À part un croque-monsieur et un Coca Zéro indexés sur le cours du pétrole ? Personne ne me verrait tendre le cou pour essayer de distinguer quelque chose à travers le rideau de photographes et de badauds.

Un bon quart d'heure avant la fin du film, j'ai payé et suis allée aux toilettes (on n'accomplit pas de grandes choses la vessie pleine). Ensuite, je suis retournée me poster devant le cinéma.

C'était il y a vingt minutes.

Des touristes montent et descendent les Champs-Élysées, mais personne ne sort de l'UGC Normandie, pas la plus petite fibre de cachemire. J'ai froid, mal aux pieds et mal au cœur depuis que je me suis aspergée de cet échantillon de parfum retrouvé au fond de mon sac. À chaque inspiration, j'ai l'impression de boire du monoï au goulot. Pourquoi je reste ? Pour voir Stella ?

Pour parler à Maud ? Ça n'arrivera pas. Je sais que ça n'arrivera pas, pourtant je reste. Cette histoire commence à me rendre folle. Doucement, mais sûrement, je bascule dans l'obsession. J'en ai parlé à Étienne. Pour la première fois, j'ai osé dire à voix haute que j'étais sur les traces de mon ex-meilleure amie. Il a été adorable. Il m'a même encouragée. Je pense qu'il se dit que si ma crise de la quarantaine se limite à ça, il ne s'en sort pas si mal.

Ça y est ! Les premiers élégants apparaissent en dégainant portable et cigarette. Je me mets à scanner tous les visages. Stella a presque vingt ans de plus. Si ça se trouve, elle a vieilli (on peut toujours rêver). Elle a pu se couper les cheveux aussi, ou se teindre en roux, en brun, en rose. Le flot d'invités se densifie. Rapidement, je ne sais plus où donner de la tête. D'autant plus que des stars commencent à fouler le tapis rouge. L'atmosphère devient électrique. On me bouscule. Je crois reconnaître la silhouette de Maud qui traverse l'avenue entre deux gardes du corps et monte dans une berline aux vitres teintées. Pendant quelques minutes c'est la cohue, éclats de voix et effluves de Guerlain, et puis... plus rien. Enfin si, Paris la nuit, les passants qui déambulent, les voitures qui redémarrent au feu vert.

J'ai loupé Maud.

Je n'ai pas vu Stella.

Je tourne sur moi-même, déboussolée, et repère deux filles qui fument avec distinction, un carton d'invitation à la main. Je plisse les yeux et distingue des informations écrites en minuscule.

Je m'approche l'air de rien (il est magnifique ce cinéma) et déchiffre *Bond Party 007*. Il y a une soirée après ! Où ? Impossible de déchiffrer les microcaractères. Les minutes deviennent des secondes. Le cœur battant, je sors mon portable, et m'approche d'elles en faisant semblant d'être en pleine discussion.

— Ouais... Attends, je demande... Excusez-moi, je ne sais pas ce que j'ai fait de mon carton, c'est où déjà la soirée ?

Elles daignent jeter un œil à leur carton.

— Au Styx.

— Ah oui, voilà. Merci.

Je reprends le plus naturellement du monde :

— C'est au Styx, je vais claquer une bise à Maud et ensuite je te...

Et là, il se passe une chose affreuse : mon téléphone sonne. Les deux filles me regardent. Je décroche en grimaçant (la technologie, ça devient vraiment n'importe quoi, on n'arrive plus à suivre). Je m'éloigne aussi vite que mes escarpins me le permettent. Je réalise alors que j'ai deux mètres de papier toilette accroché à un de mes talons ! La traîne de l'humiliation ! J'enlève le PQ du bout des doigts sans oser me retourner vers les filles.

— Pilar ? Pilar, tu m'entends ?

— Oui, mon amour, je t'entends. Ça va ?

— C'est à toi qu'il faut demander ça.

— Je n'ai vu personne. Je n'ai même pas vu le film.

— Merde. Bon. Qu'est-ce que tu fais ? Tu rentres ?

— Je ne sais pas. Il y a une soirée après. Je me demande si je ne vais pas tenter ma chance.

— Bah si, maintenant que tu y es, va au bout.

Il est tellement gentil. À chaque fois, ça me désarme. Comment ai-je pu sous-estimer cette qualité chez les hommes pendant si longtemps ? J'étais sans doute trop occupée à séduire des salopards, et des vieux aussi, bien sûr, des images paternelles à la chaîne.

— Tu fais quoi, toi ? Tu travailles sur tes grilles ?

— Non, je cherche des adresses de restos pour notre week-end à Rome.

De l'art d'avoir toujours un train de retard.

60

Arrivée devant le Styx, je constate avec un profond découragement qu'il y a un videur. Et vu la file d'attente, il prend son travail très à cœur. Il faudrait que je relève la tête et que je fende la foule, mais je n'ai pas le mental. Je me sens mal habillée, trop vieille, hors compétition. Alors que je suis sur le point de faire demi-tour (où est-ce que j'ai garé la voiture déjà ?) une silhouette familière sort de la boîte. Malgré le large sweat qu'elle a enfilé sur sa robe de soirée, malgré sa capuche remontée et ses manches trop longues, je reconnais Maud. Elle s'éloigne de l'entrée, s'adosse à une voiture et allume une cigarette. Mon cœur s'emballe. Maud Moreau, toute seule, dans la rue ? Mes jambes prennent le contrôle des opérations.

— Maud ?

Elle relève la tête et plante ses yeux bleus dans les miens. Elle vient de pleurer.

— Je ne sais pas si tu te souviens… ? Pilar.

Elle s'illumine (un peu).

— Pilar ! Qu'est-ce que tu fais là ? T'es venue voir le film ?

— Heu… non. Quel film ?

— Mon dernier film… mais laisse tomber. T'as changé.

Normalement, la réplique c'est « T'as pas changé », non ?

— T'es plus… Je sais pas…

— Vieille ?

— Voilà. Mais dans le bon sens.

Il y a un bon sens ?

— Toi, tu n'as pas bougé en revanche.

— Tu parles, regarde ça.

Elle me montre quelque chose que je ne vois pas sur son visage.

— T'es en voiture ?

Sa question me désarçonne.

— Oui. Pourquoi ?

— T'es garée où ?

— Heu… par là, je crois.

Elle m'attrape par le bras, et m'entraîne dans la direction que je viens de lui indiquer. Dans quelques minutes, je vais regretter de ne pas être passée à l'Éléphant Bleu.

61

Je me gare dans une petite rue du seizième arrondissement. Alors que je serre mon frein à main, Maud rabat sa capuche et sort comme un agent du GIGN. Dans mon rétroviseur, je la vois remonter la rue courbée en deux, et disparaître derrière une voiture. Qu'est-ce que je fous là ? Maud pense que son mec l'a trompée pendant qu'elle faisait la promotion du James Bond aux États-Unis. En rentrant, elle l'a largué pour la forme (on ne trompe pas Maud Moreau), mais elle s'attendait à ce qu'il essaie de la reconquérir par tous les moyens. En lui achetant une île, ou à la rigueur un vélo Chanel. Il ne s'est même pas fendu d'un petit bouquet de fleurs. Rien. Silence radio. C'est elle (un comble) qui avait dû le rappeler pour l'inviter à l'avant-première, et (décidément, on aura tout entendu) il avait refusé. Conclusion, « il doit passer la nuit avec *elle*. On va le prendre en flagrant délit ». Je regrette amèrement de faire partie de ce « on », mais elle a attendu d'être assise dans ma C3 pour tout me raconter. Ces magnifiques Louboutin avaient réussi à se faire une place entre les bouteilles d'eau vides et les prospectus, je n'allais pas la débarquer en plein milieu du seizième (t'as qu'à appeler un Uber Jet Privé).

Mais qu'est-ce qu'elle fait ?! Je me retourne. C'est bien ça : elle a relevé sa robe en tulle et escalade en talons aiguilles le capot d'une berline ! Je sors en quatrième vitesse, et cours jusqu'à elle.

— Qu'est-ce que tu fais ? Descends !

— J'arrive pas à voir ! Il y a de la lumière au deuxième, non ?

Elle monte sur le toit de la magnifique voiture qui ne va pas supporter longtemps qu'on lui manque de respect.

— Descends, Maud !

L'alarme se déclenche, ulcérée, tonitruante. Je me mets à sautiller sur place.

— Maud, descends !

Cette conne de berline va réveiller tout le quartier. Je mets les deux genoux sur le capot, attrape le bas du sweat de Maud et tire comme une perdue. Elle résiste quelques secondes, la capuche braquée vers le deuxième étage, puis consent à redescendre avec difficulté (on dira ce qu'on voudra, les talons aiguilles c'est très beau, mais ça ne vaut pas une bonne paire de chaussons d'escalade). À l'instant où on touche le sol, une sirène de police, au loin, se mêle aux hurlements de l'alarme. Décharge d'adrénaline. J'amorce un mouvement pour rejoindre ma voiture, mais Maud me tire vers l'immeuble, tape le code, me pousse à l'intérieur et referme la porte tout doucement derrière nous. La sirène de police se rapproche. Maud me montre la loge des gardiens et pose un doigt sur sa bouche. Dans ma cage thoracique, c'est les tambours du Burundi. Elle traverse à pas de loup une petite cour intérieure. Je la suis à contrecœur. Elle ouvre une porte en fer et me fait signe d'entrer. J'écarquille les yeux, mais seulement pour le principe. Un instant plus tard, je me retrouve enfermée dans un local poubelles avec Maud Morteau, devenue entre-temps Maud Moreau, une des comédiennes les plus bankables de la planète.

62

— Non, Maud, n'insiste pas. Je n'irai pas sonner chez lui.

— Mais pourquoi ? Tu as juste à lui dire que tu as une fuite au premier.

— J'ai compris, mais c'est non.

63

J'appuie sur la sonnette du deuxième (j'ai une fuite chez moi, j'ai une fuite chez moi, j'ai une fuite chez moi...). Mettez dans un local minuscule qui sent le melon pourri et le jus de sardine une fille qui ne sait pas dire non et une star qui ne comprend que le oui, et vous réaliserez que je n'avais aucune chance. C'est déjà beau que j'aie tenu aussi longtemps. J'entends des pas dans l'appartement. Je me raidis. Qu'est-ce que je fous là ? Qu'est-ce que je... La porte s'ouvre. Un comédien connu apparaît.

— Oui ?

Elle aurait pu me dire que c'était un comédien connu.

— Oui, bonsoir...

Comment il s'appelle déjà ?

— Je suis désolée de vous déranger si tard, mais j'ai une fuite au premier.

— Une fuite ?

— Oui, une fuite... d'eau.

— Ah bon ? Mais où ?

— Dans mon appartement. Au premier.

— D'accord, mais où exactement dans votre appartement ?

— Dans mon… salle de bains. Horrible. Il y a de l'eau partout.

— D'accord, mais…

Maud me bouscule, et entre en hurlant dans l'appartement :

— JE SUIS SÛRE QU'ELLE EST LÀ TA PUTE !

Ce n'était pas du tout le plan ! Pas du tout !

— ELLE EST OÙ ? DANS TON LIT, C'EST ÇA ? TU LA BAISES ?!

Le comédien connu ne bouge pas. Il me fixe calmement pendant que dans son dos les portes claquent. Assez rapidement, on entend des objets exploser contre les murs. À l'oreille, je dirais qu'il s'agit de cadres, de tasses, peut-être de césars, sait-on jamais. Je ne serais pas étonnée de voir Maud repasser en faisant tournoyer une masse au-dessus de sa tête.

Je m'entends balbutier :

— Je reviendrai, pour la fuite.

Le comédien connu me sourit, pas dupe.

— T'ES QU'UN PUTAIN D'ENCULÉ, JÉRÔME !

Jérôme Belin !

Maud se met à beugler qu'elle n'est pas une icône, qu'elle est une vraie personne avec de vrais sentiments. Je choisis cet instant d'une grande intensité pour fuir.

64

Je n'ai pas eu le cœur de l'aider à détruire l'appartement, mais je n'ai pas eu le cœur non plus de la laisser complètement tomber. J'ai garé ma C3 sur le bateau en bas de l'immeuble, et attendu qu'elle n'ait plus rien à jeter. Quand elle a ouvert la porte cochère, elle n'était plus en colère, abattue plutôt, piteuse même. Elle s'est échouée sur le siège passager, sans un mot. Je lui ai proposé de la déposer chez elle. Elle m'a répondu qu'elle était fatiguée. Je lui ai donc reproposé de la déposer chez elle. Elle m'a répondu qu'elle était fatiguée. J'ai attaqué le problème par un autre bout en lui demandant son adresse. Elle m'a regardée comme si je profitais de la situation pour essayer de lui soutirer une information que je pourrais revendre à un magazine people. Ça devenait trop compliqué pour moi. J'ai desserré le frein à main. Première. Seconde. J'ai roulé droit devant.

65

— Je suis fatiguée.

J'avais compris les dix premières fois. On s'est assises dans un bar sombre et minuscule du côté de Nation. Il y a quatre tables, un barman tatoué et un squelette avec un casque de chantier en vitrine. J'ai pris un Get 27 pour une raison que je m'explique mal. Maud, elle, est au vin blanc, et elle est fatiguée. Comme elle a trouvé l'énergie de demander ce qu'il y avait comme blanc (il est pas trop minéral le sauvignon ?), j'en conclus qu'elle n'est pas à l'article de la mort, mais... elle est fatiguée.

— Tu veux venir à la maison quelques jours ?

Je m'étonne moi-même d'avoir posé la question. Elle relève la tête.

— Tu habites où ?

— À Romainville.

Elle fronce le nez, et sort de je ne sais où une pochette Yves Saint Laurent. Une petite pochette noire, avec le monogramme en or agrémenté d'un palmier sur la barre du Y. Quelque chose fond en moi – la raison sans doute –, laissant mon désir à vif.

— Elle est belle ta pochette.
— Tu trouves ?
— Bah oui. (Pas toi ?)
Maud la renverse sur la table. Un instant (pas le plus flamboyant de ma vie), j'espère qu'elle va me la donner, mais non. Du bout du doigt, elle pousse son briquet en argent Dupont, ses cigarettes, son petit portefeuille en croco vert fluo, son iPhone 22, et trouve son petit sachet de… d'herbe. Oui, c'est bien ça : de la beuh, je crois qu'on dit de la « weed » maintenant. Elle se met à rouler. Je me redresse, mal à l'aise, et regarde le barman du coin de l'œil.
— Tu ne devrais peut-être pas faire ça ici…
— Faire quoi ?
Je montre son joint. Elle hausse les épaules comme si je lui faisais une remarque d'un autre temps (tu ne vas pas sortir sans chapeau quand même !). Son front concentré, ses doigts appliqués me ramènent des années en arrière, et me donnent le courage de poser la question qui m'a conduite jusqu'ici :
— Tu as des nouvelles de Stella ?
— Stella ? Aucune, et toi ?
— Bah… non, non… aucune.
Je bois une gorgée de Get 27. Aucune ? Comment est-ce possible ?
— Vous vous êtes perdues de vue ?
— Oui, juste après Ledru-Rollin en fait.
— Ah bon ?
J'espère ne pas avoir la tête que je crois avoir (les yeux écarquillés et la mâchoire posée sur la table). Qu'est-ce qui a bien pu arriver à Batman et Robin ?

— Vous vous êtes engueulées ?

— Non... Enfin, je ne crois pas. Je ne sais plus à vrai dire. Après le succès de *Sauvage*, c'est devenu n'importe quoi ma vie.

— J'imagine. (Je n'imagine pas du tout.)

— Mais je ne pense pas qu'on était fâchées parce qu'on s'est croisées quelques années plus tard dans une soirée à Cannes, et on était très contentes de se revoir.

— Et elle allait bien ? Elle vivait où ? Elle faisait quoi ?

Maud me jette un regard étonné.

— Aucune idée. On était en soirée, tu sais.

— Ah oui, ah ah (je ne sais pas pourquoi je ris).

— On s'est promis de rester en contact, mais bon, tu sais comment c'est... Je crois qu'elle m'a laissé son numéro, tu le veux ?

— Eh bah... (Calme-toi.) Oui, pourquoi pas ?

— C'était il y a longtemps, elle a dû en changer depuis.

— Peut-être, mais quand même, je le veux bien.

Alors que Maud déverrouille son téléphone, le barman s'approche de nous. Je tourne la tête pour lui dire qu'on ne prendra rien d'autre, merci, l'addition s'il vous plaît, mais son visage me paralyse. Il fixe Maud avec la fébrilité d'un petit garçon, les bras remplis de tatouages Malabar. Où est passé le barman désabusé qui a soupiré quand on a poussé la porte ?

— Vous êtes Maud Moreau ?

Les épaules de Maud s'affaissent.

— Je ne sais pas. Dites-moi, vous. Vous avez l'air de tellement bien me connaître que vous pouvez m'interrompre. Tu vois, Pinar...

— Pilar, Pilar. (C'est pas que j'y tienne, mais bon.)

— C'est ça qui me fatigue. C'est tout le temps. Tout le temps. Je te jure, t'as de la chance de pouvoir faire tes courses.

— Oui oh…

Le barman glisse qu'il adore ce qu'elle fait, mais elle ne capte pas sa fréquence.

— Tu sais ce qu'il m'a dit mon père ? « Pourquoi tu ne changes pas ton nom ? » Mon propre père. Il m'a demandé pourquoi je n'allais pas à la mairie pour faire inscrire *Moreau* sur mon passeport. Et tu sais combien j'ai de cousins ?

— Heu non…

— Moi non plus. J'en ai un nouveau toutes les semaines. Ma famille est devenue dingue. Ma mère achète du caviar pour Noël. Du caviar. Dans des boîtes minuscules.

Elle fusille du regard le barman qui rétrécit à vue d'œil.

— Pour vous, je suis Maud Moreau, mais c'est qui Maud Moreau ?

Le ton commence à monter. Je rassemble ses affaires.

— On va y aller, Maud.

— Non. T'as des amis, toi ? Moi, je n'ai pas d'amis. J'ai des vassaux, tu sais ce que c'est des vassaux ?

— Oui. (Quand même.)

— Et j'ai des collègues aussi, plein. Des connards de collègues avec qui je discute à la machine à champagne.

— Ne dis pas ça…

— Je vais me gêner. Personne ne m'aime.

— Mais si…

— Non. Tu sais comment ils me voient les gens ? Comme une pompe à fric ou comme une branleuse d'ego.

— Houlà, mais non…

— Demande-lui si tu me crois pas.

Elle montre le barman minuscule.

— Demande-lui !

— Mais quoi ?

J'ai perdu le fil. Maud aussi visiblement. Elle remet toutes ses affaires dans sa pochette et allume son pétard en grognant :

— Vas-y, c'est bon. On paie et on s'arrache.

Elle me fait un geste (paie, toi, ça me soûle de ressortir mon portefeuille). Bien… Non, mais… avec plaisir en plus, mais bon… Je regarde le barman. Ses bras tatoués lui en tombent. Demain, il s'inventera des reparties cinglantes, mais pour l'heure, il est aussi muet qu'une carpe devant un squale. Je lui demande combien on lui doit.

— Hein ?… non, c'est pour moi.

C'est la goutte d'eau.

— Tu vois, Pilar ?! Je peux même plus payer ! Tout le monde pense qu'on peut m'acheter ! Je ne suis pas à vendre ! Je suis pas un putain de produit, ok ? On veut payer !

— D'accord, d'accord… bah… heu… vingt euros… pile.

— En plus ?! T'as pas honte de jouer les grands seigneurs pour vingt balles ?

Elle est folle. Je paie et quitte les lieux en regrettant de ne pas porter un tee-shirt *Je ne connais pas cette fille !*.

Elle me rejoint sur le trottoir en secouant la tête (les gens, je te jure). Je la cueille immédiatement avant qu'on saute à nouveau sur une mine.

— Tu peux me donner le numéro de Stella alors ?

— Ah oui.

Elle ressort son portable de sa sublime pochette, et me donne dix chiffres que je note religieusement.

— J'ai son mail aussi. Tu le veux ?

— Oui, bah oui.

— Stella Saintonge tout accroché, arobase, yahoo point fr.

Je le note en espérant qu'elle consulte toujours cette vieille messagerie, puis insiste (triste de moi) pour comparer nos deux écrans. Parfait. Pas d'erreur. Je range mon téléphone, pendant que Maud lit son chapelet de messages.

— Ah génial.

Pensant qu'elle me parle, je tourne la tête.

— Quoi ?

— Non, rien. Désolée, mais faut que j'y aille. Salut.

Elle me claque la bise et s'en va. Je reste sur mon bout de bitume alors qu'elle s'éloigne, créature étrange en sweat, tulle et talons hauts. Je murmure un « Salut » parfaitement pathétique. Quand je raconterai cette histoire, il n'est pas inconcevable que moi aussi je m'invente quelques répliques qui feront date.

66

Je tourne ma clé comme un démineur. Je m'en voudrais de déranger mon petit monde qui dort, lové dans sa routine. Sans allumer la lumière, je pose mon sac au pied du canapé. L'horloge de la cuisine indique trois heures du matin. J'en éprouve une pointe de fierté. Je suis une fille moderne qui a une vie sociale trépidante. Les Champs-Élysées, les tapis rouges, les stars n'ont plus de secrets pour moi. Je… Monsieur et madame Modèle font l'amour sur leur canapé beige. Elle le chevauche en nuisette, sauvage et longiligne, la tête renversée en arrière, agrippant la chevelure de son homme vigoureux. Étrangement, je n'ai pas envie de leur jeter un seau d'eau glacé pour les séparer. J'y vois comme une nette amélioration.

67

Je m'échoue à côté d'Étienne qui ronfle.

Je mise quand même beaucoup sur le week-end à Rome pour relancer notre vie sexuelle.

68

Quand Stella est arrivée au lycée Suzanne-Valadon, la comète a atterri juste à côté de moi. Le premier jour de la seconde, on s'est retrouvées trousse contre trousse avec les regards de tous les mecs de la classe braqués sur notre table.

« Salut, moi c'est Stella. » Quand j'ai entendu son prénom, je me suis dit « Enfin une fille qui va comprendre ce que je vis ». Il faut se remettre dans le contexte des années 1990 à Limoges, où la majorité des filles s'appelaient Stéphanie. J'ai vite déchanté. Son prénom ne lui posait aucun problème. Depuis son plus jeune âge, elle avait compris qu'elle était à part, alors un peu plus, un peu moins... De toute manière, si elle s'était appelée Stéphanie, les gens l'auraient surnommée autrement, Effy par exemple, parce qu'une fille comme Stella ne pouvait précisément pas s'appeler Stéphanie, alors que pour moi ça n'aurait posé de problème à personne (salut, Steph !).

— Et vous pensez que les propriétaires seraient prêts à discuter le prix ?

Retour à la réalité, la réalité poisseuse où tout me paraît insurmontable. Quelle idée de sortir en semaine ! Comment font les filles modernes qui ont des vies sociales trépidantes ? Discrètement adossée au plan de travail magnifique de la magnifique cuisine de la magnifique maison que je fais visiter à un client particulièrement pénible, je lui explique que c'est un bien très recherché et qu'il partira au prix fixé par le vendeur, donc s'il est vraiment intéressé, je lui conseille de ne pas faire une proposition en dessous. C'est la vérité, mais je sais qu'il entend « Je vous déconseille de baisser le prix parce que je fais partie de la sale race des agents immobiliers qui adorent l'argent ».

— Hum… C'est vrai qu'elle est belle, mais… Je ne sais pas.

C'est bien le problème. Il ne sait pas, et ça fait des semaines que ça dure. Ses critères ont tellement changé que moi non plus je ne sais plus. Je ne sais plus s'il préfère un appartement ou une maison, à Paris, au Pré-Saint-Gervais ou aux Lilas, avec ou sans extérieur…

— Le truc qui m'ennuie, c'est l'escalier.

— L'escalier ? Pourquoi ?

— Je me demande si ce ne serait pas mieux d'acheter quelque chose de plain-pied.

Je prends sur moi. Je ne peux pas avoir fait tous ces kilomètres, ouvert toutes ces portes, célébré toutes ces terrasses orientées plein sud pour rien. Je dois absolument être celle qui trouve l'endroit où il se verra apporter sa table Knoll et ses costumes slim fit en laine vierge italienne.

— De plain-pied donc.

— Oui.

— Mais... vous ne m'aviez jamais parlé de ça. Pardon, mais j'ai l'impression que ça change tout le temps.

— C'est parce que je ne sais pas à quoi m'attendre dans les prochains mois. Mon mari est en train de perdre la vue.

— ...

Il ne faudrait pas critiquer les gens.

— C'est... c'est une maladie, c'est ça ?

— Je peux vous demander de ne la montrer à personne avant qu'il l'ait visitée ?

— Oui, bien sûr... Évidemment...

J'ai envie de disparaître dans un des placards sur mesure en bois précieux.

69

Mon père m'a envoyé un texto. Il passe bientôt à Paris et me propose de prendre un café. Étrangement, je ne détecte en moi aucune envie de lui répondre. Je ne comprends pas ce qui m'arrive. J'ai rêvé de cet instant toute mon enfance... En même temps, toute mon enfance, j'ai rêvé de déballer la gigantesque ferme Playmobil. Si on me l'offrait maintenant, je ne vois pas bien ce que j'en ferais.

70

J'ai mis trois jours à composer le numéro de Stella. Je le regardais comme on regarde le vide, un élastique aux pieds. L'appeler, et après quoi ? Prendre de ses nouvelles de temps en temps ? Boire un verre en terrasse au retour des beaux jours ? Est-ce que j'aurais la force de la maintenir à distance ? Je l'imaginais revenir dans ma vie, y répandre sa lumière, aveugler mon homme, mes enfants, prendre toute la place, m'avaler. J'hésitais. Et puis ce matin, j'ai laissé Jaya et Mélanie échanger leurs astuces pour reconnaître un faux profil sur Tinder, et je suis sortie devant l'agence.

Un doigt devant l'autre, j'ai tapé les dix chiffres, et appuyé sur « appel ». Chaque sonnerie m'a asséché la bouche et ramolli les jambes, jusqu'à ce que je tombe sur un répondeur à la voix métallique qui me confirmait que j'étais bien au 06 17… blablabiiiip. J'ai attaqué sans monter dans les aigus. J'étais calme, centrée, fière de moi.

— Salut, Stella, c'est Pilar. Bah écoute, j'ai croisé Maud qui m'a donné ton num…

— *Désolés, nous n'avons pas bien entendu, veuillez réenregistrer votre message après le bip sonore.*

Ça m'a désarçonnée. Qu'est-ce que… ? Je n'avais pas parlé assez fort ? À moins que… BIIIP ! J'ai recommencé en poussant la voix :

— Salut, Stella ! C'est Pilar ! Bah écoute, j'ai croisé Maud ! Elle m'a donné ton…

— *Désolés, nous n'avons pas bien entendu, veuillez réenregistrer votre message après le bip sonore.*

J'ai regardé mon portable avec des yeux ronds. Au troisième essai, j'ai carrément hurlé :

— SALUT, STELLA ! C'EST PILAR ! J'AI CROISÉ MAUD ! ELLE M'A DONNÉ TON NUMÉRO ET…

Comme je m'attendais à être coupée, j'ai marqué un petit temps grotesque, et j'ai fini en balançant :

— BAH VOILÀ, RAPPELLE-MOI !… À CE NUMÉRO !… QUI S'EST INSCRIT !

En raccrochant, je n'en revenais pas. La situation avait déraillé de manière spectaculaire.

Depuis, je l'imagine, détendue sur un transat, au bord d'une piscine à débordement, écouter le message de ce numéro inconnu. Je la vois écarter le téléphone de son oreille en fronçant les sourcils (qui est cette folle qui me hurle dans l'oreille ?). Elle met sur haut-parleur et réécoute (Pilar ? Pourquoi ça me dit quelque chose ? Ah mais si, bien sûr ! Pilar ! Rholàlà, décidément, la pauvre, elle ne changera jamais).

71

— Tu as répondu à ton père ?

— Non, toujours pas.

— Fais-le, c'est pas cool.

Étienne découpe un concombre en dés pendant que je fais subir le même sort à une mangue. On prépare des poke bowls au saumon pour Livia et Daniel qui viennent dîner. On n'a pas encore fait cuire le riz, les enfants ne sont toujours pas couchés, je n'ai aucune envie de parler de mon père.

— Je vais lui répondre. J'ai attendu quarante ans. Il peut bien attendre quelques jours.

— Il passe à Paris quand ?

— Je sais pas.

— Il ne te le dit pas dans son message ?

— Non, il me dit juste qu'il va passer à Paris, et me propose de boire un café.

De *boire café* pour être exacte. Il a oublié l'article, détail qui m'a horripilée. Quand on écrit à sa fille pour la première fois, on s'applique, on n'oublie pas des mots. Faire des fautes d'orthographe, passe encore (on n'est pas tous égaux devant le Bescherelle), mais oublier des mots ?

Il a dû l'écrire sous la dictée de ma mère au supermarché en attendant de passer à la caisse.

Mon portable sonne sur le plan de travail. Je jette un œil à l'écran, et mon cœur bondit dans ma poitrine.

— C'EST STELLA !

— Hein ?

— C'EST STELLA ! C'EST STELLA QUI ME RAPPELLE !

Je sautille devant mon téléphone.

— QU'EST-CE QUE JE FAIS ?! QU'EST-CE QUE JE FAIS ?!

— Bah tu réponds.

Je hoche la tête frénétiquement (SUPER IDÉE !). Les mains pleines de mangue, je décroche et mets sur haut-parleur du bout du doigt.

— Allô ?

— Oui bonsoir.

— Bonsoir... (Qu'est-ce que c'est que cette voix d'homme ?)

— Je vous rappelle juste pour vous dire que ce n'est pas le numéro de Stella.

Je jette un regard incrédule à Étienne.

— Vous vous êtes peut-être trompée. Vous demandiez quel numéro ?

— Hein ? Je sais plus, mais je ne me suis pas trompée, enfin je ne crois pas.

— C'est qu'on m'a réattribué son numéro alors.

— Ah d'accord... Eh bah... d'accord... Pardon... Merci d'avoir rappelé.

— De rien, ça avait l'air important.

— Oui... Enfin... Merci.

— De rien. Bonne soirée.

— ... Bonne soirée.

Je raccroche.

Étienne me dévisage.

— Qu'est-ce qu'il t'arrive avec cette fille ?

— Rien. C'est juste que... Non mais rien. Vraiment en plus.

Je passe mes mains sous l'eau, les essuie sur un torchon, et me mets sur la pointe des pieds pour attraper le verre doseur.

— Qu'est-ce qu'ils disent pour le riz ? Trois cents grammes, c'est ça ?

Je vois bien qu'Étienne continue à me fixer, mais je fais comme si de rien n'était. Il ne peut pas comprendre. Je ne comprends déjà pas moi-même.

72

Livia et Daniel sont partis sur une dernière blague qui a soulevé un éclat de rire. Comme c'est facile d'être en couple quand on a du public. Une fois la porte fermée, c'est une autre histoire. Le silence retombe et les comptes se règlent. Étienne n'a pas apprécié que je lui coupe la parole quand il parlait de son livre. Je me défends en remplissant le lave-vaisselle. Je ne lui ai pas coupé la parole, j'ai juste demandé qui voulait un déca. C'était une micro-parenthèse. Ils ont répondu. Je suis allée faire les décas, et il a pu finir son truc.

— Mon truc ?

— Oui oh tu vois ce que je veux dire.

Il finit de débarrasser le visage fermé, et va se coucher en laissant l'engueulade en plan. Ça ne lui ressemble pas. J'ai dû percer une bulle de rancœur. La logique voudrait que j'aille le retrouver dans la salle de bains, et que je lui envoie un coup de coude complice en me lavant les dents, qu'on se réconcilie ensuite sur l'oreiller, sous l'oreiller, à côté de l'oreiller, mais je n'ai pas envie. J'ai juste proposé des décas, merde.

Je prends mon ordinateur. Je vais envoyer un mail à Stella. J'y ai pensé toute la soirée. On change de numéro, mais jamais complètement de mail. Même si elle s'est créé une nouvelle adresse, elle a dû configurer le transfert de messages.

PILAR MOUCLADE <pilarmouclade@gmail.com>
À : stellasaintonge@yahoo.fr
Objet : Coucou !

Coucou Stella,

Ce petit mail pour te dire que je pense souvent à toi en ce moment, ça me ferait plaisir d'avoir de tes nouvelles.

Bises !

Pilar

Ça n'a l'air de rien comme ça, mais ça m'a pris une heure. Chaque mot, chaque ponctuation a subi une fouille au corps. Je relis une dernière fois. Pas de faute. Pas de mot oublié. Je ferme les yeux, et… clic. Le bruit d'un avion qui décolle me signale que le message est parti. Pourvu qu'il n'atterrisse pas sur un terrain vague hérissé de spams.

73

Notre week-end à Rome a très mal commencé. Alors qu'on attendait dans la salle d'embarquement, j'ai eu le malheur d'envoyer un texto à Rinaldo pour savoir s'il avait des trattorias à nous conseiller.

— Mieux vaut tard que jamais, m'a fait remarquer Étienne sans lever le nez de son portable.

J'ai vu le moment où il ne me toucherait pas les fesses du week-end (en temps normal, Étienne me touche les fesses dès que la conjoncture le permet). J'ai crevé l'abcès. Quel était le problème exactement ? Moi. C'était moi le problème. Je n'étais plus jamais là. Même quand j'étais là, je n'étais pas là. J'ai fait semblant de ne pas comprendre. On s'est engueulés à voix basse en entrant dans l'avion, en survolant la France puis en attendant nos valises à l'Aeroporto di Roma Fiumicino. Ces dernières semaines, il avait l'impression de vivre avec une étrangère. Je rentrais tard, écoutais leurs histoires d'une oreille distraite, passais des heures sur mon ordinateur. J'avais quelqu'un, c'est ça ? Là, j'ai explosé (comme tout le reste était globalement vrai, j'avais intérêt à mettre le paquet sur cette odieuse suspicion). Moi ? Quelqu'un ? Mais quand ? QUAND ? J'ai enchaîné sans mollir sur mon horrible travail qui me volait tout mon temps, sur *mon* stress, *mes* cotisations, *mes* responsabilités... Je me fatiguais moi-même, mais que faire d'autre ? Reconnaître qu'il avait raison ?

C'est un cap que j'ai réussi à franchir après deux verres de Frascati Superiore sur la Piazza Navona. Au troisième, je lui promettais de ne plus travailler le samedi. Après tout, il avait raison (depuis des mois), Jaya et Mélanie pouvaient assurer la permanence, pour peu qu'elles n'ouvrent pas Tinder pendant leurs heures de service.

Après ça, le week-end a été tout à fait conforme à ce qu'on attendait de lui : on a fait copieusement l'amour dans notre jolie chambre d'hôtel. L'histoire retiendra un 69 vorace. On a regardé TV5 Monde nus dans des draps blancs. On a marché dans des rues magnifiques jusqu'à des restaurants très bien notés. On s'est extasiés en troupeau dans la chapelle Sixtine. On a acheté des Converse noires à paillettes (surtout moi). On a mangé cinq pâtes et pizzas par jour, bu des cafés en terrasse, fait des selfies devant des monuments millénaires, trouvé des déguisements de centurion pour les garçons et, bien sûr, on a jeté une pièce dans la fontaine de Trevi. J'ai fait le vœu que Stella réponde à mon mail, en me félicitant de ne pas avoir à le formuler à haute voix.

74

Nous avons traversé les semaines suivantes poussés par ce vent d'amour et de légèreté. J'ai redécouvert (découvert pour être honnête) la joie de passer tous mes week-ends en famille. Le secret pour s'amuser avec ses enfants, c'est de ne rien avoir d'autre à faire. C'est aussi simple que ça. On a ri en faisant un parcours de billes au milieu du salon. On a ri en bondissant au Trampoline Park. On a ri en engloutissant des burgers au Burger King. Je portais fièrement ma couronne en carton : la reine Pilar, heureuse maman de deux fantastiques garçons qui collaient leurs doigts gras sur mon visage. Je reprenais la place qu'Étienne m'avait gardée au chaud toutes ces années, et mon travail était comme repoussé par les forces alliées.

Dans le mouvement, j'ai répondu à mon père et on a convenu d'un rendez-vous près de la gare Montparnasse. Quand il est entré dans le café, mon cœur battait jusque dans ma gorge. Il a balayé la salle de son regard poché, m'a vue, et m'a adressé un sourire qui a ridé tout son visage. On est restés deux heures ensemble. On a surtout discuté d'immobilier et d'endoscopie industrielle. Mon père est un homme pudique, à moins qu'il n'ait rien d'émouvant à dire. Je le regardais parler, en me répétant « C'est mon père, j'ai un père ». Étrangement, ça ne me procurait pas de joie particulière. Je sentais juste que ça refermait une porte, une porte qui jusque-là provoquait un courant d'air dans ma vie. À la fin, il m'a proposé de me raccompagner jusqu'à ma voiture. J'ai senti que ça lui tenait à cœur. N'était-ce pas son rôle de père de m'escorter jusqu'à un lieu sûr ? Je me suis retenue de lui dire que je m'escortais toute seule depuis longtemps.

On a marché côte à côte jusqu'à ma C3. Je n'avais pas envie que notre relation se résume à des cafés clandestins dans des bars fonctionnels à côté de la gare. Je lui ai demandé s'il était prêt à rencontrer mon homme et mes garçons, au risque qu'ils l'appellent « papy ». Il a hoché la tête. On s'est fait la bise devant ma voiture, et il est parti prendre son train. Ce jour-là, lui aussi a repris sa place. Pas la gigantesque place éclairée comme un stade de foot que j'avais gardée pour lui, non, sa place normale de père dans la vie d'une fille de quarante ans. Je revois sa grande silhouette voûtée traverser l'avenue du Maine. Il rentrait retrouver la belle Michelle Mouclade... ma mère... qui a fait ce qu'elle a pu.

75

J'en étais là de mon épanouissement personnel quand j'ai reçu, tel un coup de foudre dans un ciel serein, la réponse de Stella.

76

Cette hôtesse n'a jamais dû voir une personne aussi pressée de partir à Zurich. Je trépigne devant le comptoir Air France. Chacun de ses gestes est une injure. Ne comprend-elle pas que je dois absolument prendre le prochain vol ? Elle me pose des questions sur la place de mon siège dans l'avion. Ai-je une préférence ? Oui, prendre le vol de 8 h 35 plutôt que celui qui décollera mollement à 10 h 15.

— Vous souhaitez une assurance ? Au cas où vous ne pourriez pas prendre l'avion ?

Je vais l'assommer.

— Pas d'assurance, non.

— Très bien.

L'heure tourne comme du lait. Elle finit par m'imprimer mon billet qu'elle pose sur le comptoir. Ma main s'abat dessus, et déjà mes hanches pivotent pour partir en flèche vers le hall d'embarquement.

— Une collation ainsi que des boissons, chaudes et fraîches, vous seront servies à bord.

— Super. Merci.

— Nous avons aussi une large offre de presse que vous trouverez...

On ne saura jamais où, la fin de sa phrase étant restée derrière la ligne de départ.

77

Je m'assois près de mon hublot, et relis le mail pour la énième fois.

STELLA SAINTONGE <stellasaintonge@yahoo.fr>
À : pilarmouclade@gmail.com
Objet : Re : Coucou !

Salut,

Je m'appelle Sébastien. On a monté un écovillage en Suisse avec Stella il y a presque dix ans maintenant. Désolé d'avoir mis du temps à te répondre. On ne revient à la « civilisation » qu'une fois par mois. Si tu me laisses ton numéro, je t'appellerai la prochaine fois que je remonte.

Bises,

Sébastien

Je n'ai pas pu attendre un mois, ni une semaine ni même un jour. J'ai tapé sur Google *écovillage Stella Suisse*. Le premier lien était le bon : le hameau de l'Aralia, *écovillage fondé par Stella et Sébastien*. Sur la page d'accueil, la photo de

Stella m'a coupé le souffle. Posant avec un beau brun aux dents grises, elle sourit, encore plus belle qu'avant. Le temps qui s'amuse à m'humilier a creusé ses joues, et adouci son regard. Et bien sûr, elle porte le débardeur en chanvre comme personne. Ça s'est imposé à moi : il fallait que je la voie, que je lui parle. Je n'allais pas attendre qu'un inconnu aux dents grises me donne de ses nouvelles, tout en réfléchissant aux courses qu'il devait faire en ville (penser aux médicaments de Jean-Paul...). Si elle ne revenait pas à la civilisation, la civilisation allait venir à elle. J'ai épluché le site, ouvert tous les onglets, lu jusqu'aux mentions légales. J'ai appris que l'aralia était une plante dépolluante, que le hameau était *une action collective dédiée à la nature et à l'humanité*, et qu'il se trouvait à trente-cinq kilomètres de Zurich.

Un voyant s'allume au-dessus de mon siège pour que j'attache ma ceinture.

Étienne a rendez-vous chez son éditeur à 9 heures. Il faut que je pense à l'appeler en atterrissant.

78

C'est la première chose que je fais en rallumant mon portable dans la queue pour sortir de l'avion.

— Alors ?

— Alors, j'ai signé mon contrat !

— Mais non ?!

— Si ! Je vais toucher cinq mille euros d'avance ! Deux mille cinq cents à la signature et deux mille cinq cents à la parution !

— C'est pas vrai, c'est énorme !

— Et attends, ils font une mise en place de dix mille exemplaires !

— What ?!

— Il va y en avoir partout ! Ils sont sûrs que ça peut cartonner pour Noël !

— Génial ! Vraiment, je suis fière de toi !

Lui aussi est fier, je l'entends dans sa voix. Il a l'ego tellement incandescent que des faisceaux lumineux doivent jaillir de ses oreilles. Ça me touche. Pour une fois qu'il pense à quelqu'un d'autre qu'à nous.

— Et toi alors ?

— Je viens d'atterrir. Je saute dans un taxi, j'embrasse Stella et je reprends l'avion de 17 h 45.

— Super ! J'achète des sushis et du champagne pour ce soir !

— Ok. Prends des brochettes de poulet pour Lucien.

— Yes ! Je t'aime !

— Moi aussi ! Attends, attends... En... (je compte sur mes doigts) en cinq lettres : je suis Charly.

— Je suis Charlie ?

— Oui, Charly avec un « y ».

— Ah... Je suis Charly... « Suis », du verbe « être » ou du verbe « suivre » ?

— Du verbe « suivre ». En cinq lettres.

— Hé hé, pas mal : bravo. Charly-Bravo.

— Exactement. Bravo, mon amour.

— BON, VOUS POUVEZ AVANCER S'IL VOUS PLAÎT !

Certaines personnes sont moins sensibles que d'autres au romantisme.

79

Je rappelle au chauffeur de taxi que je l'attendrai ici à 16 heures. En claquant la portière, j'ai la désagréable sensation de couper mon dernier lien avec la « civilisation ». Un grand portique en chêne fait office de porte cosmique. Derrière se dresse le hameau de l'Aralia.

80

Des bungalows en bois, des jouets qui traînent dans les herbes folles, des gens en Birkenstock… Je ne voudrais pas avoir l'air de tout niveler par le bas, mais le hameau ressemble beaucoup à un camping. Je m'approche d'un jeune gars qui bricole un filet de pêche sur la terrasse de son mobil-home (mobil-home qui doit porter un nom plus ronflant, comme « maison nomade »).

— Bonjour, je cherche Stella.

— Stella ?

— Oui, Stella Saintonge.

Il me sourit avec une gentillesse dépourvue d'ironie.

— Personne n'a de nom de famille ici. Viens avec moi.

Il pose délicatement son filet de pêche sur le sol, dans le plus grand respect du sol et du filet de pêche, et m'invite à le suivre. À l'Aralia, quand une sœur en humanité a besoin de quelque chose, on lui vient en aide toutes affaires cessantes.

— Tu es venue comment ?

— En taxi.

J'ai honte de ma réponse. J'ai l'impression d'avoir fouetté un être humain avec des billets de banque pour qu'il me conduise jusqu'ici dans un nuage de gaz à effet de serre. Je me garde bien de lui préciser que j'ai pris l'avion aussi, et que je m'apprête à le reprendre ce soir. Parce que je suis comme ça, moi : je fais l'aller-retour Paris-Zurich dans la journée pour claquer la bise à une vieille copine. Pendant qu'il bâtit des utopies, réinvente le vivre-ensemble et repense le rapport à la terre, je balance du dioxyde de carbone dans l'atmosphère en riant grassement (apportez-moi des gros cigares, des clubs de golf et des petits culs de secrétaires !).

— Comment tu t'appelles ?

— Pilar.

— C'est beau.

— Oui, oh…

Fidèle à mon milieu citadin (l'égoïsme, une valeur clé), je mets un temps infini à lui retourner sa question. Il s'appelle Sylvain. Comme je n'ai rien de particulier à dire sur ce prénom, je souris. Sur ma lancée, je souris à tout le monde en traversant le hameau, même à ceux qui portent des sarouels. Une femme chantonne en frottant des chaussettes dans une bassine. Un homme se coupe les ongles de pied au soleil. Je ne sens que des regards bienveillants, un peu surpris parfois, mais toujours bienveillants. Je suis une inconnue, mais pas une étrangère.

Derrière les « maisons nomades » s'étend un immense potager coloré et verdoyant. On se dirige vers un homme qui récolte des pommes de terre. Dans nos contrées sauvages, on l'aurait interpellé depuis vingt bons mètres. Ici, on préfère poser sa main sur son épaule pour le « rejoindre dans la parole ». L'homme se retourne et sourit de toutes ses dents grises.

— Sébastien, je te présente Pilar.

Sébastien plante sa bêche dans la terre, s'essuie la main sur son pantalon et la pose sur mon bras. (Je crois qu'il veut me rejoindre dans la parole.)

— C'est toi qui as envoyé le mail à Stella ?

— Oui.

Il se retourne vers Sylvain.

— Peux-tu nous laisser, s'il te plaît ?

— Bien sûr.

Sylvain repart en se disant sûrement que la collectivité, c'est aussi le respect de l'intimité de chacun. Je reste seule avec Sébastien qui me regarde avec une infinie gentillesse.

— Stella est morte.

Je le dévisage.

— Elle est morte il y a quatre ans, d'une tumeur au cerveau.

La réalité se met à gondoler.

...

C'est impossible.

...

Impossible.

Mon cerveau refuse de traiter l'information. Je reste là, plantée devant lui, le regard fixe et la bouche entrouverte.

81

Pourquoi, à cet instant précis, j'ai revu Stella descendre tout schuss les pistes du Lioran ? Cette image s'est imposée à moi comme la preuve irréfutable qu'elle ne pouvait pas être morte.

— Tu veux un café d'orge ?

— Heu… Oui… Merci.

Sébastien m'a emmenée dans la « pièce de partage », un vaste réfectoire dans la seule maison en dur du hameau. Stella est morte. Stella Saintonge est morte depuis quatre ans, et je ne le savais pas. J'ai fêté mes quarante ans. Elle n'a jamais fêté ses trente-six. Ses parents ont dû vendre l'hôtel parce qu'ils ne pouvaient plus rester là, trop de souvenirs, trop de larmes, ils allaient faire déborder la Vienne. Pourquoi personne ne l'a su ? À Limoges, on ne meurt pas impunément sans alimenter les conversations.

— Sucre ?

Il me tend un ramequin de poudre brune. J'en mets une cuillère à café dans mon café qui n'est pas du café… Moi qui ne sucre jamais… Stella est morte, disparue, volatilisée, et je ne peux plus rien y faire.

— Vous vous étiez rencontrées où ?

— Hein ?

— Vous vous étiez rencontrées où, avec Stella ?

— À Limoges. En seconde.

— Ah mais oui... Vous étiez très proches, c'est ça ?

— Oui. On riait beaucoup.

Pourquoi je ne l'ai pas recontactée avant ?

— Ce n'est pas avec toi qu'elle est montée à Paris ?

— Si.

Pourquoi je ne l'ai pas recontactée avant ?

— Et qu'est-ce qui s'est passé ? Vous vous êtes perdues de vue ?

— Voilà. Pardon, je suis un peu... Je m'attendais à la voir, alors je suis un peu...

— Je comprends. J'aurais peut-être dû te l'écrire, mais ça me semblait plus humain de te le dire de vive voix, au téléphone.

— Oui, oui. Non mais... c'est juste que...

Une boule grossit dans ma gorge. Je n'arrive plus à parler. Stella est morte, Stella qui courait sur la plage des Chalets, plongeait dans la mer, dansait au Sax, roulait des galoches vodka-pomme aux garçons, Stella qui avait eu 14 au bac philo, Stella qui m'appelait Pil'. J'adorais qu'elle m'appelle Pil'. Elle m'avait presque fait aimer mon prénom. Elle avait ce pouvoir, Stella : à son contact, tout devenait vibrant, vivant. Et aujourd'hui, elle est morte. Elle est morte, et il faut que je fasse avec. C'est un gouffre, c'est le néant, c'est un mur. Libre à moi de me taper la tête dessus, mais ça ne changera rien. Stella est morte, emportant avec elle une partie de moi.

82

Au hameau de l'Aralia, on accompagne les gens dans leur peine. Sébastien s'assied en face de moi comme s'il n'avait absolument rien d'autre à faire, et il me parle de Stella. Ils se sont rencontrés dans les toilettes d'une boîte de nuit parisienne, autour d'un rail de cocaïne. Elle était d'une beauté toute-puissante. Il avait une carte bleue et un père richissime. Ils auraient pu continuer à se détruire tous les soirs sans inquiéter personne, en suscitant même l'envie et l'admiration, sauf qu'ils se sont reconnus, et se sont accrochés l'un à l'autre.

— Tout le monde disait à Stella qu'elle était trop belle, et c'était exactement ça : elle était *trop* belle. Ça l'encombrait.

Au moment où ils ont commencé à sortir ensemble, Stella vivait un enfer. On lui attribuait des qualités et des défauts qu'elle n'avait pas, une force qu'elle n'avait pas, une arrogance qu'elle n'avait pas. Sa beauté avait pris le pouvoir. Elle essayait de partager avec les autres sa passion pour l'art, mais les gens s'en foutaient, pire, ça les mettait mal à l'aise (il ne manquerait plus qu'elle soit intelligente, cette pute). L'ultra beauté est un champ magnétique qui ouvre toutes les portes, mais il faut accepter d'en payer le prix. Stella n'y arrivait plus. Elle répétait sans cesse qu'elle n'avait aucun mérite à être « mignonne », et ça la rendait folle qu'on ne l'aime que pour ça. Sébastien, lui, offrait des bouteilles de champagne et des lignes de coke à tout Paris, et tout Paris l'appelait Seb en le serrant dans ses bras, mais il n'avait aucun mérite à être riche, et ça le rendait fou qu'on ne l'aime que pour ça. Alors un matin, ils sont rentrés défoncés de boîte…

— Et on est partis.

— Vous êtes partis ?

— Oui. On est passés chez Stella. Elle a rempli trois sacs avec les trucs qui lui tombaient sous la main. Pareil pour moi. On a tout chargé dans le coffre de la Mini Cooper que venait de m'offrir mon père, et on a quitté Paris.

— Pour aller où ?

— Ailleurs. On n'était pas en état de faire des projets précis. Quand on a passé la porte d'Orléans, on grinçait encore des dents. Avec le recul, je pense qu'on fantasmait juste un road trip du genre sauvage, sexy. On se voyait faire l'amour dans des motels et manger des burgers sur des banquettes en skaï rouge. Le problème, c'est qu'on n'était pas dans le bon pays. Ici, les road trips, c'est plutôt Campanile et Courtepaille. D'autant qu'on était en manque tous les deux.

— En manque ? De cocaïne ?

— De cocaïne, d'alcool, du regard des autres… On a passé deux semaines horribles, à vomir, à se taper dessus, mais on n'a pas lâché.

J'ai envie de pleurer.

— Quand on est passés en Espagne, ça allait déjà un peu mieux. On reprenait le contrôle. J'ai appelé mon père et je lui ai demandé de me couper les vivres. Pour Stella, c'était plus compliqué, mais elle se faisait une raison. Elle disait que le temps finirait bien par lui casser la gueule, et la libérer de son sortilège.

Le regard de Sébastien s'assombrit. Il boit une gorgée pendant que je lutte pour ne pas verser des larmes qui lui reviennent de droit.

— On a sillonné l'Espagne jusqu'à ce que nos deux cartes bleues soient avalées par des distributeurs. Ensuite, on a vendu la Mini, racheté une vieille Ford Fiesta, et on est passés au Portugal. On avait en tête de travailler dans un bar au bord de l'Atlantique. Sur la route, on s'est arrêtés pour dormir dans un écovillage près de Torrão, et c'est là que notre vie a pris un tournant à cent quatre-vingts degrés.

Ils ont été happés par la vie en communauté. Pour la première fois, Stella avait l'impression d'exister dans les yeux des autres, d'exister vraiment. Sa beauté ne faisait plus écran. Même ses parents ne l'avaient jamais regardée comme ça. Il faut dire que sa mère était une grosse maman ridée qui s'était présentée au concours de Miss Limousin dans les années 1970. Je la revois tourner les pages de l'album où elle posait en body panthère, avec son brushing monté en neige et son sourire éclatant. Elle conservait religieusement les photos de ce jour féerique et fatal où elle n'avait pas été sélectionnée. Maintenant que j'y pense, c'est vrai qu'elle regardait sa fille avec un mélange de triomphe et d'amertume. Comme si Stella était à la fois sa revanche et son ultime humiliation.

— On est restés trois ans dans cet écovillage, et puis un gars est arrivé avec de grandes idées sur tout. Il a foutu une merde noire. Soit on le mettait dehors, soit c'est nous qui partions. Ça faisait un moment qu'on pensait à fonder notre propre communauté, alors on a préféré partir.

— Et pourquoi la Suisse ?

— Parce que c'est chez moi. Je suis suisse par ma mère. Et on n'était pas loin des montagnes. Stella adorait skier. Elle skiait très bien, tu sais.

— ... Oui, je sais.

Mes larmes coulent. Tant pis.

83

Au hameau de l'Aralia, une fois que tu as bien pleuré, on te demande ce que tu sais faire.

84

En épluchant des légumes avec une petite blonde anguleuse :

— Je vis en harmonie avec ma voisine.

— Ta voisine ?

— La nature.

— Eh oui. Bien sûr.

85

En déjeunant avec le groupe :

— Pilar, sois le changement que tu veux voir dans le monde.

— Oui. C'est… Pardon mais ah ah, ça fait un peu… tu sais les « grandes » phrases qu'on poste sur les réseaux sociaux.

— C'est de Gandhi.

— … C'est très beau.

86

En faisant la vaisselle avec Bonnemine :

— Plus que la tolérance, c'est l'acceptation des différences.

— D'accord. (N'est-ce pas la définition exacte de la tolérance ?)

87

En essuyant la vaisselle avec un petit chauve à moustache :

— Blablabla phytoépuration blablabla permaculture blablabla…

Stella est morte.

88

En tenant un grillage pour installer un nouveau poulailler :

— Générosité, tu sais ce que ça veut dire ?

— Bah oui quand même.

— Et convivialité ?

— Oui, aussi.

— Tu crois que tu sais ce que ça veut dire, mais ça ne se résume pas à garder tes enfants deux heures pour que tu puisses aller à ton cours de zumba.

— Tu dis ça parce que tu ne connais pas mes garçons.

89

En tenant la porte du poulailler :

— Comment peux-tu comprendre, Pilar ? Ton travail, c'est justement d'enfermer les individus dans la propriété.

90

Cette remarque m'a poursuivie jusque dans le taxi. J'aurais dû me défendre. La semaine dernière, j'ai trouvé la maison parfaite pour que Monsieur Slim Fit emménage avec son mari qui perd la vue, et la semaine d'avant, c'est quand même grâce à moi que Madame Jalouse et Monsieur Tomate se sont rapprochés de leur petit-fils. Je n'enferme pas les gens dans la propriété. Au contraire, je les aide du mieux que je peux à se faire une place au soleil. Madame Jalouse me déteste toujours, et Monsieur Tomate me regardait bizarrement à la signature du compromis de vente. Les gens sont fous, les gens m'emmerdent, mais ils me touchent. Ça m'émeut de les accompagner dans ce moment important de leur vie. Voilà ce que j'aurais dû dire au druide ventripotent qui fixait la porte du poulailler, même si je sais que ça n'aurait servi à rien. Il aurait entendu « Les gens me touchent parce qu'ils ont plein de pognon, et ça m'émeut de leur en piquer un maximum ». Quoi qu'on fasse, quoi qu'on dise, les agents immobiliers passent pour des hyènes. « C'est comme ça, faut faire avec », comme disent mes deux petites mandataires.

91

Alors que mon avion atterrit à l'aéroport Charles-de-Gaulle, je me promets d'aller suivre la formation Est Ensemble sur le lombri-compostage. Avec Livia. Depuis le temps qu'elle me le propose.

92

Je suis rentrée en RER, en métro et en bus pour ne pas aggraver mon empreinte carbone. Je touche au but. Je n'ai plus que l'impasse à traverser. Soudain, quelque chose éclate à mes pieds. Je fais un bond en arrière, et constate le cœur battant et le jean trempé que j'ai failli me faire assommer par un arrosoir en forme de flamant rose.

— PARDON ! PARDON ! ÇA VA ?

Je lève la tête, et aperçois le visage catastrophé de maman Modèle. Je n'ai pas l'habitude de la voir comme ça. Elle non plus.

— JE SUIS DÉSOLÉE ! JE DESCENDS ! JE METS DES CHAUSSURES À MES FILLES ET…

— VOUS DÉRANGEZ PAS, JE VAIS VOUS LE REMONTER !

— MAIS NON !

— Mais si.

Je ramasse le flamant rose, et me dirige vers sa porte d'entrée.

— JE VOUS OUVRE ALORS ! MERCI BEAUCOUP !

J'attends quelques secondes et, clic, pousse la porte de cet immeuble moderne qui ressemble en tout point au nôtre. Même hall. Mêmes boîtes aux lettres. L'architecture au kilomètre. J'entre dans l'ascenseur, appuie sur le troisième étage, et profite de la montée pour me regarder dans le miroir. Je pourrais avoir plus de cheveux blancs, de rides, de cernes, de ventre… Je ne m'en sors pas si mal finalement, pour une quadragénaire avec un flamant rose à la main.

Maman Modèle m'attend sur le palier.

— Je suis désolée !

— C'est rien. Tenez.

— Rholàlà, mais vous êtes trempée ! Venez, je vais vous offrir un thé !

— Non, vraiment, je…

— Mais si, depuis le temps qu'on se croise ! Entrez ! Pendant que vous boirez votre thé, je vais sécher votre pantalon !

Non, ça n'arrivera pas. Je ne vais pas boire du thé en culotte chez Monsieur et Madame Modèle. La curiosité m'incite quand même à jeter un œil à leur appartement. N'y a-t-il vraiment aucun jouet qui traîne ? Même pas une brique Lego Friends dans le vide-poche de l'entrée ? Maman Modèle me pousse littéralement à l'intérieur (sans me demander d'enlever mes chaussures, c'est dire comme elle n'est pas dans son état normal). Je salue les deux petites filles en porcelaine qui font un puzzle dans leur chambre, et remonte le couloir. J'arrive dans le salon et tombe en arrêt.

De l'autre côté de la rue, notre salon est là, plein de couleurs, de bordel, de vie. Notre bibliothèque vintage, la grande affiche du *Gendarme de Saint-Tropez*, l'enseigne *Cinéma le Saint-Germain-des-Prés* que j'ai trouvée dans la rue, et au milieu de ce décor qui m'attire et m'enveloppe : mon homme, mon homme dans son sweat incroyablement sexy qui sort deux coupes à champagne en engueulant nos deux magnifiques garçons. Je n'ai pas besoin du son, je sais qu'il leur demande pour la quinzième fois de mettre le couvert « avant que maman arrive ». Lulu est déguisé en Buzz l'Éclair, preuve qu'Étienne a perdu la bataille du pyjama. Jo s'éclate sur le baby-foot Smoby qui a dû laisser des marques sur tous les murs en quittant leur chambre. Marley dort, roulé en boule dans le canapé. Une bouffée d'amour m'envahit.

— Un rooibos bio aromatisé à la vanille, ça vous va ?

— Non… Merci. Je… C'est gentil, mais je vais rentrer chez moi.

Remerciements

Jamais trois sans quatre comme on dit chez les gourmands : je remercie Richard Ducousset, Francis Esménard et Gilles Haéri de m'avoir une quatrième fois renouvelé leur confiance. Je remercie toute l'équipe d'Albin Michel, à commencer par la pétillante Maëlle Guillaud et la merveilleuse Marie Dormann. Je remercie également Agathe Tissier, Agnès Ramy et Murielle Magellan, mes premières lectrices, tellement précieuses, et bien sûr je remercie Bertrand Nadler, mon homme-racine, et nos deux pactoles : Maxence et Alexandre.

13942

Composition
FACOMPO

Achevé d'imprimer à Barcelone
par CPI Black Print
le 11 septembre 2023

Dépôt légal : juillet 2023
EAN 9782290377215
OTP L21EPLN003338-542575

ÉDITIONS J'AI LU
82, rue Saint-Lazare, 75009 Paris

Diffusion France et étranger : Flammarion